STRUCK

Christopher Colfer

STRUCK

Comment foudroyer sa réputation en un éclair

Traduit de l'anglais (États-Unis)
par Yan Brailowsky

Michel LAFON

Titre original : *Struck by Lightning*

Première publication en langue originale
par Little, Brown and Company

7-13, boulevard Paul-Émile-Victor – Île de la Jatte
92521 Neuilly-sur-Seine Cedex
www.lire-en-serie.com

Pour Melissa Schwolow, Mikendra McCoy,
Jenny Herrick et Maureen Bagdasarian,
sans qui je n'aurais jamais pu survivre
à ma propre expérience du lycée.

Je dédie aussi ce livre à chaque président
ou responsable des ateliers d'écriture, de théâtre,
de débat et de plaidoirie,
à chaque équipe Destination ImagiNation,
à chaque rédacteur en chef de journal
ou de magazine littéraire du lycée,
à tous ceux qui étaient doués à leur façon,
mais dont les talents n'étaient pas reconnus…

30 septembre

Cher journal,

Plus qu'une année à tirer avec ces connards et je serai libre. Ça m'aura pris presque deux décennies de préparation minutieuse, mais je suis fier d'annoncer que ce n'est plus qu'une question de jours avant que je ne quitte, enfin, la ville de Clover. *Trois cent quarante-cinq* jours, pour être précis. Mais qui veut compter, hein ?

Dans un an, je serai dans une chambre universitaire de Northwestern, en train d'annoter un manuel beaucoup trop cher sur « l'histoire de... », bref, un truc historique, vous voyez le genre. Je carburerai aux nouilles et j'avalerai des litres de Red Bull. Je survivrai avec cinq heures de sommeil à peine, quand je ne serai pas en train de gueuler sur mon coloc pour qu'il baisse le son de son film porno.

Vous vous dites peut-être que ça ne fait pas rêver, mais pour un gamin en route vers la fac, c'est le *paradis* ! Toutes ces souffrances, celles d'aujourd'hui comme de demain, auront un jour un sens.

Ce n'est pas un secret, puisque je le dis à qui veut bien l'entendre (je le dis surtout pour qu'on arrête de m'adresser la parole) : j'espère devenir un jour le plus jeune journaliste free-lance à être publié dans le *New York Times*, le *Los Angeles Times*, le *Chicago Tribune* et le *Boston Globe*, puis obtenir le poste de rédacteur en chef de la revue *The New Yorker*.

Mais je vous en ai peut-être trop dit. Prenez un moment pour digérer tout ça. Si vous vous sentez un peu dépassés, imaginez comment *moi* je me sens, moi qui dois être à la hauteur de mon futur moi tous les jours. C'est épuisant !

Dans dix ans, si tout se déroule comme prévu, tout ira mieux. Voilà ce que j'imagine : je serai assis dans mon appartement à New York, en train de mettre les dernières touches à mon édito hebdomadaire pour le *New York Times*. Je mangerai thaïlandais et boirai des bouteilles des meilleurs rouges. Je dormirai dix heures par nuit – et gueulerai sur mon voisin pour qu'il baisse le son de son film porno.

Certes, j'ai encore un an à tirer au lycée, ma terminale, qui plus est. Et je sais que je n'ai pas encore été pris par l'université de Northwestern, mais ce ne sont là que des broutilles. Pendant que j'y suis, je sais que Northwestern n'envoie pas de lettres d'acceptation anticipée avant le 15 décembre. Mais de peur que je ne tente de m'inscrire ailleurs, je suis sûr qu'ils vont faire une exception pour moi. Je suis certain qu'au moment où j'écris ces lignes, une lettre m'a été envoyée par le bureau des inscriptions et que je l'aurai bientôt... Vous ne croyez pas ?

Ça ne m'étonnerait pas d'apprendre que j'ai été le premier candidat. Je suis resté éveillé toute la nuit pour envoyer ma candidature dès l'ouverture du site à 6 heures du matin, heure de Chicago, le premier jour des inscriptions. Maintenant, il n'y a plus qu'à attendre... et la patience n'a jamais été mon fort.

Je ne vois pas pourquoi ils refuseraient ma candidature. Quand ils regarderont mes relevés de notes, ils verront que je suis un jeune homme à l'esprit très ouvert dans un monde très borné, qui a besoin d'être sauvé par une solide éducation. Un diamant dans une bouse de vache, quoi.

Il y a ça, et puis il y a le fait que j'ai un seizième de sang indien et un trente-deuxième de sang noir américain (même si je ne peux pas vraiment le prouver). Bref, j'ai tout du candidat idéal !

Quand bien même tout ça ne suffirait pas, ma carrière de lycéen devrait finir de les convaincre. Depuis la seconde, ma moyenne gravite autour de 20/20, voire plus, ce qui n'est pas rien. Depuis la première, j'édite à moi tout seul le *Clover High Chronicle*, et j'ai réussi à maintenir en vie l'atelier d'écriture après les cours, malgré ses tendances suicidaires.

Pas mal pour un gamin d'une ville où la question intellectuelle la plus répandue est : « Où Oui-Oui a-t-il laissé sa voiture ? » Je plaisante. Quoique. Ce n'est pas que je veuille me moquer sans cesse de ma ville natale. J'imagine que Clover a aussi des qualités, seulement, aucune ne me vient spontanément à l'idée.

Clover est un lieu où les gens ont peu d'argent et encore moins d'esprit. C'est une ville minuscule et réac, où tout le monde reste pour vivre *et* mourir. Pour ma part, je n'ai jamais pu m'identifier à cette mentalité, et c'est pourquoi j'ai été publiquement humilié. Mon envie, d'ailleurs, m'a transformé en brebis galeuse.

Je suis désolé, mais je ne peux pas être fier d'une ville où *the place to be* un samedi soir est le parking du McDo. Et même si je n'ai jamais vécu ailleurs, je suis persuadé que la plupart des ados normaux ont mieux à faire que d'accrocher des pétards aux queues des chiens.

Quand ils ont ouvert le premier cinéma ici, tout le monde est devenu fou. Je n'avais que trois ans, mais je m'en souviens encore. La file pour aller voir *Vous avez un message* faisait le tour du patelin.

J'espère qu'on ne construira jamais d'aéroport. Il pourrait y avoir une vague de suicides.

Oui, je suis un peu aigri parce que je suis du genre vilain petit canard, toujours moqué, détesté, une plaie pour le monde entier, celui le plus enclin à trouver une crotte en flammes sur le toit de sa voiture (si si, ça m'est arrivé). Mais ce qui m'empêche de finir comme dans une mauvaise pub pour les problèmes d'ados frustrés, c'est que *J'EN AI RIEN À FOUTRE*. Je ne le dirai jamais assez, cette ville est un repaire de demeurés !

Quand mes camarades des forums et des *chatrooms* de Northwestern me demandent où se trouve Clover, je suis obligé de leur dire que c'est là où se terminent *Les Raisins de la colère*. Et je suis gentil.

Soyons francs. Allez au coin de Rien et de Nulle Part, tournez à gauche et vous tomberez sur Clover. C'est une de ces villes que vous voyez le long de l'autoroute, avec à peine dix mille habitants, qui vous mène à vous demander : « Quel con voudrait vivre dans un trou pareil ? » Eh bien, si jamais vous vous êtes posé ce genre de question récemment au volant de votre voiture, la réponse est : *un con comme moi.* D'ailleurs, je ne me suis pas présenté comme il faut. Bonjour, je m'appelle Carson Phillips.

J'ai lu quelque part que tous les grands écrivains avaient des problèmes avec leur ville natale. Il faut croire que je ne suis pas une exception. Mais il ne faut pas se laisser faire. On ne choisit pas où l'on naît, mais on peut toujours choisir où l'on va. (C'est pas mal ça, tiens ; il faudra que je le ressorte si jamais on me décerne un doctorat *honoris causa* un jour.)

Tout cela ne fait que me donner plus d'énergie. Depuis l'âge de huit ans, quand on me demande ce que je veux faire quand je serai grand et que je réponds : « Rédacteur en chef du *New Yorker* », on me regarde avec le même air… que si j'avais dit « trucideur de dragons » ou « joueur de golf travesti ». Ça n'a fait que me pousser métaphoriquement vers la porte de sortie.

C'est peut-être pour ça que mes problèmes à Clover ont commencé quand j'étais si jeune. J'étais constamment humilié par des crétins qui ne voyaient pas plus loin que le bout de leur nez, surtout à l'école primaire, c'est-à-dire le tout premier lavage de cerveau que vous subissez dans une ville de province.

Je me rappelle que ma prof de CP nous apprenait à faire des soustractions.

– Quand on enlève une chose à une autre, comment ça s'appelle ?

– Un meurtre ! criai-je, tout fier.

Techniquement parlant, je n'avais pas tort, mais elle m'a regardé d'une telle manière pendant les minutes qui suivirent qu'on ne l'aurait pas cru.

La même année, on a célébré le jour des Pères fondateurs des États-Unis. Je m'en souviens comme si c'était hier. J'étais devant le tableau, pour faire l'exposé sur lequel j'avais travaillé pendant des heures, et j'ai dit à la classe tout ce que j'avais appris.

– La plupart des Pères fondateurs étaient des homosexuels refoulés qui possédaient des esclaves, ai-je expliqué.

Bien entendu, on ne m'a pas laissé terminer mon exposé.

Ce fut ce jour-là que mes parents furent convoqués pour la première fois pour une « réunion » après les cours. Ce fut le début de la relation compliquée que j'entretiens depuis lors avec l'école publique.

– Il est un peu excentrique, et alors ? dit ma mère à l'enseignante.

– Madame Phillips, votre fils a six ans et il a dit à toute la classe que les Présidents qui ont fondé les États-Unis étaient des homosexuels et des esclavagistes, répondit la maîtresse. Je n'appelle pas ça excentrique.

– C'est peut-être ma faute, intercéda mon père. Il m'a demandé si je connaissais une anecdote amusante sur les Pères fondateurs, et je lui en ai raconté une.

– Il voulait une anecdote amusante, espèce de crétin ! tonna ma mère. Je lui ai dit d'aller te poser la question. Ce n'est pas étonnant, s'il a des difficultés à l'école : son père est un imbécile !

– En fait, madame Phillips, continua la maîtresse, le premier jour d'école, il s'est présenté et a dit à la classe que *vous* qui lui aviez expliqué qu'il s'appelait Carson parce que Johnny Carson passait à la télévision au moment où il a été... euh, conçu.

Je n'ai jamais vu ma mère avoir tant de mal à déglutir que ce jour-là.

– Ah... Je dois avouer que cette remarque venait effectivement de moi.

C'est la dernière fois que mes parents ont été vus ensemble en public. Comme vous avez pu le deviner, moi aussi je suis un de ces gamins cyniques venus d'une famille décomposée.

Jusqu'à l'âge de dix ans – quand j'ai vu un jour les parents d'un ami –, je n'avais jamais compris que les gens se mariaient parce qu'ils le voulaient ou parce qu'ils *s'aimaient*. J'avais toujours cru que c'était un peu comme une convocation. Vous receviez une enveloppe par la poste qui vous disait où, quand et avec qui vous alliez devoir vous reproduire.

Il y avait autant d'amour entre Neal et Sheryl Phillips qu'entre un calamar et une baleine. Mais au moins ceux-là peuvent se partager tout un océan, et pas un trois-pièces dans une petite maison de banlieue.

Je suis sûr que leur serment de mariage a dû ressembler à quelque chose du style : « Neal et Sheryl, acceptez-vous l'époux qui a été choisi pour vous, promettez-vous de l'engueuler et de le blâmer, pour le meilleur et surtout pour le pire, dans la maladie et la psychanalyse, dans la colère et la frustration, en le haïssant et lui gardant rancune jusqu'à la mort que vous vous causerez tous deux ? »

Ils se sont peut-être aimés à un moment, ou peut-être croyaient-ils être amoureux. Mais à partir d'un certain âge, tout ce qu'il vous reste à faire à Clover, c'est de vous marier et d'avoir des enfants. Ce n'est peut-être pas la meilleure idée, mais c'est ce que l'on attendait d'eux, et ils ont été les victimes de cette pression sociale.

Il est clair que ma mère s'était engagée jusqu'à ce que mort s'ensuive, en s'efforçant toujours que les choses aillent bien entre eux. Leur union répondait toujours au même motif : mon père était malheureux, ma mère essayait d'y remédier, mon père était toujours malheureux, ma mère lui en voulait des efforts qu'elle faisait pour y changer quelque chose, il y avait une énorme engueulade, et ça recommençait de zéro.

Hélas, mon père n'avait aucune envie que ça marche entre eux ; à peine marié, il avait voulu se tirer.

À un moment, ma mère quitta son travail de secrétaire médicale parce que mon père, je cite, « en avait marre de devoir aller chercher Carson à cette putain d'école ». Non qu'il fût obligé de rester tard au travail comme agent immobilier. Il essayait juste d'éviter autant que possible toute responsabilité paternelle, comme un prêtre dans une maison close. (Désolé, mais je suis hyperfier de cette comparaison !)

Il y a des fois, je vous jure que je les entends encore en train de crier dans la cuisine. Que ce soit au sujet de cinquante dollars qui manquaient sur leur compte ou d'une assiette sale oubliée dans l'évier, on pouvait compter sur des engueulades de 9 heures du matin à 10 heures du soir. Au moins, il y a eu ça de régulier pendant mon enfance.

Nos voisins avaient coutume de nous observer. Une fois, j'ai essayé de leur vendre du pop-corn, mais ça n'a pas marché.

Notre famille digne du *Titanic* s'enfonçait jour après jour. C'est peut-être une pensée un peu tordue, mais je crois que c'était mieux ainsi. Dans mon besoin désespéré de me tirer de là, j'ai été amené à faire la plus grande des découvertes : *les mots.* Ils me fascinaient. Il y en avait tellement ! Je pouvais raconter une histoire, je pouvais écrire ce qui m'était arrivé ce jour-là, je pouvais écrire ce que j'aurais préféré avoir comme journée… Mon pouvoir était sans limite !

Chaque fois que j'entendais mes parents s'y mettre, je prenais ma trousse, mon cahier et j'allais en ville. Tout d'un coup, tout ce qui était autour de moi disparaissait et plus rien ne me dérangeait. C'est ainsi que je suis resté sain d'esprit dans cet asile de fous.

La mort de grand-père, le père de maman, fut un tournant décisif dans les relations entre mes parents. Grand-mère vint vivre avec nous un an plus tard, lorsqu'on lui diagnostiqua un début de maladie d'Alzheimer.

Grand-mère m'avait toujours soutenu. Quand j'avais des problèmes à l'école, elle m'asseyait sur ses genoux et me disait : « Ne laisse pas cette maîtresse te faire croire que tu es rien moins qu'un génie,

Carson. Elle est juste dégoûtée que le gouverneur ait touché à sa retraite. »

J'ai eu mal en la voyant perdre pied peu à peu. Même gamin, je savais que quelque chose ne tournait pas rond.

À la maison, on la retrouvait parfois dans l'armoire à linge ; elle se demandait pourquoi sa chambre avait tant rétréci. Nos voisins la voyaient souvent errant toute seule dans la rue, cherchant la voiture qu'elle ne possédait plus.

– C'est la troisième fois qu'on l'a trouvée en train de déambuler dans la ville, dit papa à ma mère un matin à 9 heures.

– C'est juste qu'elle perd un peu la tête et qu'elle oublie à quoi ressemble notre maison, répondit maman. Et toi, c'est quoi ton excuse ?

– Je ne plaisante pas, Sheryl. Soit elle se tire, soit je me tire !

C'est la première fois que j'ai vu maman bouche bée.

Je l'ai aidée à ranger les affaires de grand-mère le lendemain.

Bien qu'elle devînt de plus en plus sénile à vue d'œil, grand-mère a compris ce qui lui arrivait le jour où on l'a mise dans la maison de retraite de Clover. Elle demeurait silencieuse et ne bougeait pas. Maman aussi restait immobile, probablement parce qu'elle se sentait coupable.

– Pourquoi tu déménages ? demandai-je à grand-mère.

– Parce que les gens ici vont bien s'occuper de moi.

– Et moi, je ne peux pas bien m'occuper de toi ?

– Si seulement tu pouvais, mon petit, ajouta-t-elle en me caressant les cheveux.

Je me sentais si inutile, mais j'ai essayé de lui remonter le moral en faisant la seule chose que je savais faire.

– J'ai écrit une histoire pour toi, grand-mère, annonçai-je en lui tendant un papier.

– Ah ? Voyons ça, dit-elle en prenant le papier. « Il était une fois un enfant. »

Elle s'arrêta de lire. Non pas parce qu'elle le voulait, mais parce que je n'avais rien écrit d'autre.

– Eh bien, c'est une belle histoire, mais elle mériterait d'être un peu développée, dit-elle en souriant.

– Maman m'a dit que je pouvais te rendre visite après l'école. Je t'apporterai tous les jours une nouvelle histoire !

– Ça me fera plaisir, répondit-elle, l'œil humide.

Elle me prit dans ses bras. Elle était triste, et j'étais si content de pouvoir faire *quelque chose* dont elle pouvait se réjouir ! Et depuis, je n'ai pas manqué de lui rendre visite chaque jour.

Malgré les efforts de ma mère pour que son mariage fonctionne, mon père est finalement parti quand j'avais dix ans.

Tout le quartier se souvient de ce soir-là. C'était le dernier épisode de la saison du *Neal et Sheryl Show*. Ça a commencé à 9 heures pile et ça a continué jusqu'aux petites heures du matin.

– Tu ne peux pas partir maintenant ! On vient à peine de reprendre notre thérapie de couple ! hurlait maman en suivant mon père qui montait dans sa voiture.

Il n'a même pas fait ses valises. Il a tout juste attrapé quelques objets sur le chemin de la porte, y compris une décoration aztèque accrochée au mur. Je ne sais pas très bien ce qu'il comptait en faire.

– Je ne peux pas passer une seconde de plus dans cette maison ! hurla mon père.

Puis il est parti, les pneus crissant dans la nuit. Maman courait derrière la voiture en criant.

– Vas-y ! Ne reviens jamais ! Je te déteste ! Je te déteste !

Elle s'est ensuite effondrée dans le jardin et a pleuré pendant une heure, à moitié hystérique. C'est la première fois que j'ai compris combien elle tenait à lui. Dieu merci, il y avait l'arrosage automatique qui s'est mis en route. Autrement, elle aurait pu rester dehors toute la nuit.

Depuis, il n'y a plus que maman et moi. Excepté une fois où grand-mère s'est échappée de la maison de retraite et qu'elle est restée chez nous pendant un jour ou deux. Mais en gros, nous sommes restés seuls, tous les deux.

La vie sans papa était très différente, surtout plus tranquille. Même si maman a essayé de reprendre les engueulades à 9 heures du matin avec moi pendant les deux premières années, la maison devint d'un calme agréable.

Nous avons trouvé les moyens de nous passer d'un homme. Maman n'avait jamais su faire un sapin de Noël, alors elle expliqua tout simplement à nos voisins qu'on s'était convertis au judaïsme. Il n'y a personne ici pour réparer les choses, alors des tas de petits trucs ne marchent plus dans la maison depuis des années (et je ne vais certainement pas essayer d'y changer quoi que ce soit en allant chercher un tournevis).

Maman ne s'est jamais vraiment remise de tout ça. Elle n'est pas retournée travailler, préférant vivre avec l'argent que nous avait laissé grand-père. Elle n'est jamais ressortie avec quelqu'un, elle ne s'est pas remariée, et elle a préféré remplacer mon père par le pinard. (Et c'est devenu une sacrée histoire d'amour !)

Ces derniers temps, elle passe l'essentiel de ses journées sur le canapé, à regarder *Judge Judy* et *Amour, gloire et beauté* à la télé. Elle se douche une fois par semaine (si j'ai de la chance) et on la connaît maintenant comme « la femme qui fait ses courses en peignoir et lunettes de soleil ». Vous avez peut-être déjà croisé quelqu'un comme ça ?

Je n'ai revu mon père que deux fois depuis qu'il est parti. La première fois quand j'ai fêté mes douze ans, et plus récemment à Noël, il y a deux ans. Oui, c'est vraiment un mec bien. À côté de lui, Arsène Lupin est un homme sur qui l'on peut compter.

– Où est-ce que t'étais toutes ces années ? criai-je la dernière fois que je l'ai vu, incapable de me retenir.

– J'ai déménagé vers le nord, près de San Francisco, a-t-il répondu calmement, comme s'il me disait ce qu'il avait mangé à midi.

– Pourquoi ?

– Pour me retrouver.

J'ai fait de mon mieux pour ne pas pouffer de rire, mais je n'ai pu m'empêcher de sourire.

– Tu n'as toujours rien trouvé ?

Il ne m'a jamais répondu.

J'ai passé beaucoup de temps à être en colère contre mes parents. Je n'ai jamais compris comment quelqu'un comme moi pouvait être l'enfant de gens comme eux. Il faut croire que l'ambition est un gène récessif.

Mais j'imagine que je devrais toujours avoir à l'esprit que, malgré tout, je m'en sors beaucoup mieux que bien d'autres… en tout cas jusqu'au jour où les autobiographies de ces gens-là se vendront mieux que la mienne. À ce moment-là, je pourrai de nouveau me prendre en pitié.

(J'ai une opinion qui n'est pas très partagée : ton histoire est triste jusqu'au jour où tu commences à te faire de l'argent avec. À partir de ce moment, je n'ai plus aucune compassion pour toi.)

Permettez-moi de remettre dans son étui le violon qui joue la musique de fond, pour revenir à mon idée de départ : j'ai eu une vie de merde, mais *je vais me casser*. Je vais aller de l'avant et monter en grade, et je n'ai jamais été aussi surexcité.

Voilà, je crois que ma petite autobiographie suffira pour cette nuit. J'étais plutôt sceptique concernant l'utilité de ce journal, mais je comprends maintenant à quel point il peut avoir un effet thérapeutique. Je me sens vraiment moins stressé qu'avant. Je me sens calme et remis d'aplomb et… *Merde ! Il est minuit et j'ai encore mon devoir de maths à finir ! Je file !*

3 octobre

Quelle journée ! Et dire qu'elle n'est même pas terminée… Tout a commencé ce matin quand je me suis réveillé à l'aube, comme tous les jours.

Puis-je rappeler qu'il est scientifiquement prouvé que les adolescents apprennent davantage et réussissent mieux leurs examens quand ils vont à l'école plus tard dans la journée ? Ce qui pourrait peut-être entrer en ligne de compte, si seulement l'école n'était pas une crèche financée par l'État pour occuper les gamins. (Je ne sais pas pour vous, mais moi je suis plus enclin à commettre des crimes entre 6 heures du matin et 3 heures de l'après-midi !)

J'ai finalement réussi à reprendre conscience après avoir appuyé quatre ou cinq fois sur le bouton *snooze*. Titubant jusqu'à la salle de bains, j'ai découvert que je n'allais pas à l'école tout seul. J'avais un énorme bouton sur la joue. L'acné… cette façon qu'a Dieu de vous rappeler que, tous vos autres défauts mis à part, vous n'êtes pas parfait. Merci du message, Dieu, j'avais presque oublié.

Je me suis habillé, je suis allé dans le séjour, et sans surprise, j'ai trouvé ma mère K-O sur le canapé. Il n'y a qu'elle pour vous donner l'impression que chaque matin est un lendemain de fête avec les Guns N' Roses, alors que je sais bien qu'elle n'a fait que regarder une rediffusion d'*Au fil de la vie* la veille.

J'ai ouvert les rideaux d'un coup sec pour faire pénétrer la lumière. Tous les jours j'espère que ça l'aidera à se décider à se lever du canapé. Chaque jour j'ai peur que la lumière lui fasse prendre feu, tant elle est imbibée.

– Maman, réveille-toi ! criai-je en lui jetant un coussin. Tu es de nouveau tombée dans les pommes.

Elle tressauta sous la couverture comme un phoque attrapé dans un filet de pêcheur.

– Hein, q-q-qu'est-ce qu'il y a ? dit-elle enfin après avoir repris conscience.

– Bravo ! Tu as survécu à cette nuit.

J'aime l'accueillir le matin avec des remarques de soutien, pour qu'elle sache que je ne suis pas indifférent.

– Si t'étais un gentil garçon, tu me laisserais dormir ! grommela-t-elle.

– Si j'étais un gentil garçon, je t'aiderais à ne plus jamais te réveiller !

– Oh, mon Dieu, ma tête... dit-elle en poussant un soupir.

– Tu sais, le matin n'est pas censé être une douleur.

Je lui ai apporté un verre d'eau et un ibuprofène. Elle en avait besoin.

J'ai regardé autour de la table basse (ou plutôt devrais-je l'appeler le « cimetière de bouteilles de pinard et de boîtes de médocs »).

– Est-ce que t'es censée boire quand tu prends tous les cachetons que t'a prescrits le docteur Dealer ?

– Il s'appelle Wheeler, et pourquoi tu ne laisses pas ça aux professionnels ? ajouta-t-elle en prenant l'ibuprofène. Les notices d'avertissement sont pour les amateurs.

Ces dernières années, maman a développé une relation bizarre avec son médecin. Je dis « bizarre » car la moitié du temps je suis sûr qu'elle croit qu'ils sont ensemble. Elle imagine des maladies pour pouvoir aller le voir et elle croit que si elle ne l'appelle pas une fois par semaine, *il s'inquiète pour elle*.

Si j'avais une patiente qui consommait plus de pilules que Judy Garland et Marilyn Monroe réunies, moi aussi je m'inquiéterais. Mais je ne suis pas sûr que ma mère ait la même définition du verbe « s'inquiéter ».

– Va à l'école ! Dehors ! dit-elle en s'enfonçant la tête dans le coussin. Et si je dors quand tu rentres, tu n'as pas intérêt à me mettre la main dans un bol d'eau !

J'ai pris mes affaires de cours et je suis parti.

– Au revoir ! criai-je. Moi aussi, je t'aime !

Quand grand-père est mort, il m'a légué sa Corvair décapotable 73, ce qui peut vous sembler trop cool, dit comme ça. En fait, c'est un tacot, et comme la voiture est la machine la plus stressante créée par l'homme et que mon grand-père est mort d'une crise cardiaque, je crois qu'on peut dire qu'il m'a légué la cause de sa mort.

Elle ne démarre pas à moins, dans le même temps, de mettre la clé de contact, d'ouvrir la fenêtre arrière gauche et d'allumer la radio sur une station de musique espagnole. Ne me demandez pas quel délai il m'a fallu pour découvrir cette combinaison. Si elle ne démarre toujours pas avec ces trois éléments en place, en général, il suffit de refermer violemment la boîte à gants et de donner un bon coup de pied sur la plaque d'immatriculation arrière.

J'ai un voisin de l'autre côté de la rue qui, j'en suis sûr, choisit ce moment pour aller chercher son journal et me regarder me démener avec ma voiture. Ce gros con a une Mercedes.

S'il y a une bonne chose au sujet de Clover, c'est que les gens sont rarement en retard. Tout est à environ cinq minutes en voiture, et il ne faut pas plus d'une heure pour marcher d'un bout à l'autre de la ville. Malheureusement, ça veut dire aussi que tout le monde arrive en même temps au parking.

Hou là là. *Le parking réservé aux élèves.* Avec tout le respect qui est dû à nos anciens combattants, je dois dire que je n'ai encore jamais entendu de récit de bataille qui me fasse autant frissonner que quand je repense au parking réservé aux élèves. C'est un endroit où on donne les clés de machines puissantes, qui peuvent tuer en quelques secondes, à des ados dont la plupart sont tellement jeunes que ça ne fait même pas dix ans qu'ils ont appris à se torcher le cul proprement.

Aucune règle du code de la route n'est respectée dans ce parking. C'est chacun pour soi et sauve qui peut.

Les clignotants ? Ne vous inquiétez pas, je suis médium et je devine où vous voulez aller. La limitation de vitesse ? Pas besoin, les piétons ont dû vous entendre arriver. Un stationnement interdit ? Ne t'inquiète pas, oui, toi, la petite qui joue au volley, ça veut dire que l'endroit t'est réservé ! Des emplacements pour se garer ? Prenez le mien *et* le vôtre ! Prenez-en plusieurs ! Étalez-vous sur tout l'espace que peut occuper votre Toyota Corolla !

Et comme si cette zone de guerre quotidienne n'était pas suffisante, les survivants pénètrent ensuite dans un lieu tout aussi toxique : le lycée, cette bonne idée concoctée par la société pour y parquer tous les jeunes naïfs, pubères et agressifs dans un même lieu, afin qu'ils puissent se tourmenter et se traumatiser les uns les autres. Bravo, la société ! Une riche idée.

Quand j'y pense, il n'y a pas beaucoup de différences entre un lycée public et une prison. C'est financé par le contribuable. Personne n'a envie d'y aller. C'est surpeuplé. Des alliances se nouent dans la cour de récré. Et suriner est mal vu.

Au moins, en prison, on sort plus tôt que prévu pour bonne conduite. Si je pouvais passer mon bac en avance, peut-être que je ferais plus attention à ce que je dis. Je suis sûr que mes camarades apprécient que je les traite de « bétail » quand je les croise dans les couloirs. Mais si l'appellation fait mouche, tirez-vous de là ! Vous marcherez plus lentement qu'une tortue sur des béquilles !

Heureusement pour moi, aujourd'hui, j'ai réussi à sortir vivant des tranchées (je dis « tranchées » parce que si l'odeur dans les couloirs le jour des flageolets n'est pas une guerre chimique, je ne vois pas ce que ça peut être…) et j'ai pu me réfugier dans la salle de cours du prof principal. Hélas, c'est un cours de maths avancées.

Mon prof de maths, qui tousse toutes les vingt secondes sans raison, et que je soupçonne de jouer à la Barbie le week-end, a écrit une équation au tableau.

$$x^2 = -19$$

$$x = \sqrt{-19}$$

$$\sqrt{19 \times -1} \quad = \sqrt{19} \times i \quad = i\sqrt{19}$$

– Oh là, doucement, doucement ! m'écriai-je, incapable de rester silencieux. C'est quoi, *i* ?

– *I* est un nombre imaginaire, répondit-il.

Puis il toussa.

– Il y a des *nombres imaginaires*, maintenant ? dis-je, incrédule. Au prochain cours on parlera de *licornes* ?

Comprenez-moi, je suis un bon élève. Si je peine dans une matière, je reste après les cours et je suis tous les tutorats nécessaires pour me remettre à niveau. Cela dit, je crois que j'ai le droit de demander : *Mais à quoi peuvent servir les maths avancées, bon sang ?*

Je comprends que nous devrions pouvoir concurrencer la Chine et le Japon, mais il faut aussi concurrencer l'Iran, or je ne nous vois pas apprendre à forer pour trouver du pétrole ou à construire des bombes atomiques. (J'aurais immédiatement choisi de suivre un cours comme ça.)

Ce qui m'irrite le plus, c'est que nous lâchions les gamins dans le monde sans qu'on leur ait enseigné à tenir leurs comptes, demander un prêt, ou même répondre à une offre d'emploi. Est-ce que résoudre une formule au carré signifie qu'ils sont prêts à affronter le monde ?

Cela dit, j'avoue que même moi je comprends qu'il est utile de savoir que quand $x - 3 = 19$ on sait que $x = 22$. Je dirais même que savoir que $x = 7$ et $y = 8$ dans une formule comme $9x - 6y = 15$ peut vous être utile. Mais franchement, avons-nous tous besoin de savoir comment simplifier $(x - 3)(x - 3i)$?

Le plus drôle, c'est que personne ne peut continuer ses études sans apprendre ça. Un élève vivant en Californie ne peut pas aller à la fac à moins de valider le cours de maths avancées du lycée. Un futur psychologue ne pourra pas devenir un psychologue, un futur avocat ne pourra pas devenir avocat, et moi je ne pourrai pas devenir journaliste si nous n'avons pas tous acquis les connaissances de base d'un ingénieur.

Bien sûr, les ingénieurs et les scientifiques utilisent ces machins tout le temps, et je les en félicite ! Mais ils ne suivent pas des cours d'histoire du théâtre pendant des années, parce qu'un scientifique ou un ingénieur n'a pas besoin de savoir que *Le Fantôme de l'Opéra* est le spectacle ayant eu le plus de succès dans toute l'histoire des spectacles musicaux à Broadway. Vous voyez où je veux en venir ?

Le ministère de l'Éducation devrait se concerter avec les universités et les lycées et créer des options pour les élèves. Laissez-nous suivre des *cours d'éco* dont les notes remplaceraient celles d'algèbre. Je vous garantis qu'un trimestre à apprendre à monter une petite entreprise profiterait davantage que de faire :

$$ax^2 + bx + c = 0$$

$$x^2 + \frac{bx}{a} + \frac{c}{a} = 0$$

$$x^2 + \frac{bx}{a} + \frac{b^2}{4a^2} - \frac{b^2}{4a^2} + \frac{c}{a} = 0$$

$$\left(x + \frac{b}{2a}\right)^2 - \frac{b^2}{4a^2} + \frac{c}{a} = 0$$

$$\left(x + \frac{b}{2a}\right)^2 = \frac{b^2 - 4ac}{4a^2}$$

Mais ma proposition est peut-être *trop raisonnable* pour le ministère de l'Éducation. (Je sais qu'ils sont au courant : toutes mes lettres ont bien été ouvertes par quelqu'un.) Mais encore une fois, s'ils tenaient vraiment à ce que le système éducatif fonctionne, ils auraient probablement ajusté les heures de cours, sachant qu'il est *scientifiquement prouvé que les élèves travaillent mieux plus tard dans la journée !* Je suis désolé, mais je ne m'en remets toujours pas.

Je plains ceux qui vont commencer le lycée dans quelques années. D'ici là, chaque élève va sans doute devoir apprendre le *calcul différentiel* pour passer le bac. Courage, les petits !

Merde. Barbieman m'a repéré. Je crois qu'il s'est aperçu que je ne faisais pas mon devoir ; il a toussé dans ma direction. Je continuerai d'écrire plus tard. D'ici là, je noterai mentalement d'autres solutions aux problèmes du monde qui me passeront par l'esprit.

3 octobre, suite

J'étais là dans les tranchées, m'occupant de mes affaires, me dirigeant vers la salle de chimie après le cours d'anglais, quand j'ai vu du coin de l'œil surgir quelque chose de rose qui sortait du bureau d'orientation.

– Hé, toi ! s'écria une voix guindée. Toi, le petit génie !

C'était peut-être un peu présomptueux de ma part de me retourner aussitôt, mais soyons francs : à qui d'autre pouvait-elle s'adresser ?

C'était la conseillère d'orientation, Mme Sharpton.

– Viens dans mon bureau ! dit-elle avec un large sourire un brin trop éclatant.

– J'ai cours d'anglais.

– Ne t'inquiète pas, je t'écrirai un mot d'excuse.

J'ai levé les yeux au ciel et soupiré. J'étais un lionceau dans les griffes d'un faucon.

Comment vous décrire Mme Sharpton ? Imaginez que Sarah Palin, Paris Hilton et Princesse Peach ont une espèce d'enfant naturel. Ajoutez encore plus de rose et un peu de décolorant. Vous voyez où je veux en venir ? L'ancienne Miss Clover 1989 avait décidé de devenir conseillère d'orientation après avoir raté l'école d'esthétique.

D'après certains, elle aurait acheté une maison dans le Nevada et aurait essayé de devenir une *Vraie femme au foyer de Las Vegas*, mais ce programme de télé-réalité n'a jamais été lancé.

D'habitude, j'essaie d'éviter son bureau autant que possible. Tout ce rose est mauvais pour la santé.

Elle m'a demandé de m'asseoir sur un petit canapé près de son bureau, dans un coin qu'elle appelle son « salon ». Elle apparaît sur toutes les photos encadrées, seule ou accompagnée d'un chien de la taille d'un rat. Et comme certaines des photos ont été prises il y a trente ans, ça veut dire que ça fait trente ans qu'elle a le même chien à la maison, ou qu'elle l'échange régulièrement pour avoir toujours un spécimen neuf.

– Bienvenu à la journée d'orientation professionnelle ! dit Mme Sharpton avec gaieté.

Oh, pitié. J'aurais carrément préféré une coloscopie.

– Je suis sûr que tu as vu notre tract, continua-t-elle, car on reçoit tous les enfants aujourd'hui pour parler de leurs projets professionnels. Ce que tu veux faire plus tard, quoi…

– Je sais précisément ce que je veux faire plus tard.

– Super ! dit-elle en faisant mine d'applaudir. Alors que veux-tu faire, chaton ? Astronaute ?

– Je veux être le rédacteur en chef du magazine *New Yorker* et le plus jeune journaliste en free-lance à avoir été publié dans le *New York Times*, le *Los Angeles Times*, le *Chicago Tribune* et le *Boston Globe*.

– Eh bien, on dirait que tu as pris le temps de réfléchir à tout ça, hein ? remarqua Mme Sharpton.

Je ne pense pas qu'elle ait déjà entendu parler de ces publications.

– C'est super ! Et quelle université t'intéresse ? Je peux t'aider à la choisir !

Elle tendit le bras en direction des tracts qui étaient à côté d'elle.

– Pas la peine, je vais être pris à l'université de Northwestern.

– D'accord. Et où se trouve-t-elle précisément ?

Elle ne plaisantait pas.

– Dans l'Illinois.

– Jamais entendu parler. Mais pourquoi veux-tu partir avec tant d'empressement ? Savais-tu que Clover a une faculté ici même…

– Écoutez – je sentis une migraine monter (la bêtise me donne des boutons) –, j'ai consacré dix-sept ans de ma vie à cette ville. Il y a des gens qui passent moins de temps que ça derrière les barreaux pour meurtre…

– C'est vrai ?

– J'ai été le rédac chef du journal de l'école et le président de l'atelier d'écriture depuis la seconde, juste pour avoir un dossier qui intéresse cette université…

– Waouh, c'est vachement intelligent, dis donc !

– Donc j'ai déjà envoyé ma candidature, et mon dossier contient tous les éléments requis. Je n'ai pour le moment pas encore reçu de réponse, c'est tout. Ce serait bien si vous pouviez vous renseigner, d'ailleurs, dis-je en signe de conclusion, sans bien savoir si elle en était capable.

– D'accord… c'est un truc que je peux faire, moi ? Les appeler ? demanda-t-elle.

Elle était inquiète, comme si le téléphone allait la mordre si elle essayait de s'en servir.

– Oui, repris-je. Je ferais tout pour être pris dans cette université. *Tout.*

– Génial ! Je m'en occupe !

Elle leva un pouce en souriant, puis ajouta :

– Mais puisque tu es là, tu pourrais peut-être remplir un dossier d'inscription pour la fac de Clover ? Chaque candidature me donne un point pour gagner un mug de Clover College et il ne me manque plus que trois points.

C'est alors que je me suis levé pour partir. J'avais peur que ma migraine ne se transforme en hémorragie cérébrale si je restais ici plus longtemps.

J'aimerais pouvoir dire que la journée s'est améliorée par la suite (j'aurais aussi aimé pouvoir dire que j'ai des abdos à tomber par terre), mais non.

Mon dernier cours était celui de journalisme. C'est le seul cours qui semble me préparer à ce dont j'aurai besoin pour la suite de ma vie. J'adore le journalisme. Ce sont les gens avec qui je le partage que je déteste.

Le cours de journalisme est censé assembler le journal hebdomadaire de l'école, le *Clover High Chronicle.*

Quand je suis arrivé en seconde, les étudiants de ce cours étaient considérés comme des dieux. Les sept élèves de terminale qui le suivaient et moi étions ceux qui *savaient* et qui *agissaient*.

Les autres avaient coutume de nous supplier d'écrire ou de ne pas écrire sur leurs activités au lycée. Une fois, une pom-pom girl m'a glissé un billet de cinquante pour que je ne mentionne pas le fait qu'elle avait oublié de mettre une culotte pendant l'un des matchs de foot.

Malheureusement, comme la peste au Moyen Âge, les terminales ont quitté le lycée et je me suis retrouvé tout seul en cours l'année suivante. Même le prof de journalisme, qui avait coutume de pioncer à poings fermés en classe, a cessé un jour de venir.

L'école ne pouvait pas se payer le luxe d'embaucher un remplaçant, alors j'ai dû m'en occuper tout seul. (Quand j'y pense, je me demande si c'était même légal. Enfin bon…)

J'ai essayé de recruter de nouveaux membres, mais personne n'était intéressé. Je suis même allé dans les cours de rattrapage, mais ils ont rigolé et m'ont montré du doigt. De nos jours, les ados ne veulent pas écrire plus de cent quarante caractères à la fois.

Le lycée a fini par forcer tous ceux qui n'avaient pas assez de points pour valider leur année à suivre le cours (et je leur suis reconnaissant en partie ; en même temps, je me demande s'ils ne l'ont pas fait pour se venger). Du coup, ceux qui étaient auparavant les leaders du lycée de Clover ont été remplacés par l'équipe du film *Écrire pour exister*.

Le *Clover High Chronicle* est composé de moi-même, la rédactrice adjointe Malerie Baggs, le critique cinéma Dwayne Michaels, l'experte météo Vicki Jordan et un étudiant en échange du Salvador, Emilio López.

J'y reviendrai.

– L'édition de la semaine dernière du *Clover High Chronicle* était encore une déception, commençai-je. Nous avions des nouvelles infos pour chaque section, mais encore une fois, c'est moi qui ai tout écrit. Ça suffit.

Je les regardai d'un œil réprobateur. Vicki bâilla.

– C'est le *Clover High Chronicle,* pas le *Carson Phillips Chronicle,* repris-je. J'espère que cette semaine, ça se passera autrement.

Puis, après avoir claqué des mains, je me suis tourné vers Dwayne.

– Dwayne, as-tu terminé ta critique de *Homicide* ?

Dwayne est sans doute l'être humain le plus inutile que j'aie jamais rencontré. Il porte habituellement un énorme bonnet, même quand il ne fait pas froid, et en ce moment il ne doit plus pisser que de la beuh liquéfiée.

– Oui, dit-il.

– Vraiment ?

J'essayais de cacher mon étonnement.

– Euh, attends… je veux dire *non*.

– Non ?

– J'y suis allé, mais j'ai piqué du nez. Tu m'avais pas dit que c'était en 3D.

– Ce n'était pas en 3D.

– Oh punaiiiise… murmura-t-il.

Ça m'a donné la nausée. Je vous jure qu'un jour je vais avoir un ulcère qui va sortir de mes entrailles comme dans *Alien* et je vais l'appeler « Camarade Incompétence ».

– Vicki, tu as préparé ta prévision météo ?

Elle me regarda les yeux vides. Ou plutôt elle enleva un écouteur d'une oreille, et puis me regarda les yeux vides.

– Quoi ? demanda-t-elle.

– Ta prévision météo ? répétai-je.

Elle jeta vaguement un œil par la fenêtre et dit :

– Nuageux…

… avant de remettre son écouteur.

– Super. Merci, Vicki.

Au moins il y avait du progrès.

Vicki Jordan est une de ces élèves « gothiques ». Un jour en quatrième, elle a balancé tout ce qu'elle possédait qui pouvait faire croire qu'elle était en vie et elle s'est transformée en cadavre ambulant. Elle s'est teint les cheveux en noir, a mis du noir sur ses lèvres et a découvert la crème solaire indice 110.

Pour ma part, je ne crois pas en ces « phases de révolte ado ». Je pense que c'est juste une façon un peu grandiloquente de dire : « Je n'ai pas de *vrai* problème, alors je vais m'habiller différemment et me faire du mal pour que les gens croient que je suis plus compliqué que je ne le suis vraiment. » Je suis désolé, mais je me contrefous de votre « trouble intérieur ».

Tu veux qu'on te « laisse tranquille » ? Tu ne veux pas qu'on te « comprenne » ? Alors t'habille pas tous les jours comme si c'était Halloween, espèce de pouffiasse geignarde. Arrête ton char, prends du Zoloft et cesse de faire mal aux yeux aux gens autour de toi.

Il faut croire que j'ai des opinions très tranchées sur cette question. Enfin, poursuivons...

– Emilio, as-tu un sujet que tu aimerais traiter cette semaine ? demandai-je.

J'aurais pu aussi bien m'adresser à un mur.

– J'aime les États-Unis, dit-il avec un épais accent salvadorien.

Je crois que c'est la seule phrase en anglais qu'ils lui ont apprise avant qu'il n'aille aux États-Unis. Au moins Emilio a une vraie excuse pour ne pas m'écouter.

Problème de langue ou pas, ce type se démerde bien. Je ne sais plus combien d'Américaines ce joli cœur s'est tapé. Il a traversé bien des frontières pour fourrer les mains sous d'autres frontières. J'arrête là avec les métaphores, vous avez compris.

– C'est bien, Emilio, on va créer une section spéciale patriotique pour toi, dis-je en parcourant mes notes. A-t-on autre chose ? Quelqu'un a écrit un essai ou un conte ou…

– J'ai écrit une nouvelle pour le *Chronicle,* dit Malerie en levant la main.

– Super ! Tu nous la lis ?

Malerie se leva, nerveuse, puis regarda tout le monde avant de commencer.

– C'est moi, Malerie, qui l'ait écrite, précisa-t-elle, avant de commencer : « Je suis obligé de faire remonter mon lecteur au temps de ma vie où je rencontrai pour la première fois le chevalier des Grieux… »

– Malerie, interrompis-je.

– Oui ?

– Ce n'est pas de toi.

Elle me regarda, décontenancée, comme si je disais à un enfant qu'il ne venait pas d'une cigogne.

– Mais c'est mon écriture, dit-elle. Si tu ne me crois pas…

Elle ne termina pas sa phrase et se rassit.

Si le bonhomme Michelin avait une sœur, je pense qu'elle ressemblerait à Malerie. Elle n'est pas très grande, rondouillarde et un peu… *zarbos.* Je ne dirai pas qu'elle est *lente,* mais on peut dire que les autres bateaux accostent avant le sien. Elle a du mal à se concentrer, à digérer, à plagier… mais personne n'est parfait.

J'ai toujours vu Malerie trimballant un vieux Caméscope. Elle filme *tout*. Au début, quand elle s'est inscrite au cours de journalisme, je trouvais ça intéressant, pensant qu'elle avait l'étoffe d'une grande journaliste, mais maintenant que je sais que ce qu'elle aime, c'est écrire de la fiction, ça m'inquiète plutôt. Que fait-elle avec toutes ces heures de captation ?

J'ai finalement abordé mon sujet préféré : *le mien*.

– Comme vous pouvez vous en douter, je vais parler d'un autre fait divers cette semaine, expliquai-je. Mon article de la semaine dernière, « Un scandale sexuel dans une ville de province », a été un énorme succès sur la page Facebook du *Chronicle*… C'était sur M. Armbrooster, le prof de bio qui a été viré après avoir utilisé un bonhomme de pain d'épice et de la pâte à modeler pour faire un cours sur le système reproductif féminin.

Des statues du Louvre auraient été plus intéressées par le sujet. La cloche sonna et, comme des chiens à l'heure de la curée, tout le monde se précipita vers la porte.

– N'oubliez pas qu'il y a une réunion de l'atelier d'écriture après les cours, si jamais vous avez changé d'avis ! criai-je. Ou si vous avez changé de cerveau...

Je suis allé vers le tableau et j'ai effacé *Clover High Chronicle, rédacteur en chef, Carson Phillips*, et j'ai écrit, *Atelier d'écriture, président, Carson Phillips*. Il y a quelque chose dans ce cérémonial qui me procure un grand plaisir. Malgré toutes les saloperies que je dois endurer, je suis toujours fier de voir que ces clubs existent encore.

Je passe généralement l'heure du déjeuner à remplacer les anciennes affiches « Rejoignez l'atelier d'écriture » par de nouvelles, car ce sont généralement les premières à être attaquées par des vandales. Je trouve ça tragiquement ironique que ces enfoirés analphabètes écrivent SUSSE MA BI... sur des affiches cherchant à attirer des écrivains.

Le système des clubs à Clover High fonctionne bien. Il n'y a pas grand-chose à faire dans cette ville, du coup les élèves n'ont pratiquement pas d'autre choix que de rejoindre un club après les cours pour leur propre santé mentale.

LES CLUBS :

Le club des pom-pom girls : Aussi connu sous le nom de club des futures ménagères ou des mamans foot. Les pom-pom girls se baladent sur le campus comme une meute enragée, traumatisant les passants innocents qu'elles rencontrent. Avertissement : elles font toujours tout ensemble, elles ont même leurs règles en même temps.

Le club d'athlétisme : Le marché aux muscles. Ils ne font pas que pratiquer un sport et comparer la taille de leurs organes sexuels, ils ont aussi des activités édifiantes comme « sens mon doigt ».

Le club de l'album de promo : Des élèves de seconde, première et terminale y participent pour assembler des photos et des citations mémorables qui réécrivent totalement l'histoire pour que les mensonges qu'ils raconteront à leurs petits-enfants puissent paraître véridiques.

L'atelier de théâtre : Un endroit où les garçons ont le droit de se déguiser et de se maquiller et où les filles peuvent se demander pendant des années pourquoi ces garçons ne sont pas amoureux d'elles.

Le GEN : Le Groupe des étudiants noirs. Ce club est pour notre unique élève noir. Il est peut-être tout seul, mais le lycée l'a persuadé que c'est important qu'il représente sa communauté. (Et en ayant un GEN, le lycée obtient des avantages fiscaux. Banco !)

Le CAFE : Vous voulez devenir un patron d'entreprise ou un entrepreneur ? Alors ne rejoignez pas le club américain des futurs entrepreneurs, car ce n'est pas pour vous ! Ce club est uniquement l'endroit où vous pouvez vous battre pour savoir qui a le meilleur portable et qui a le papa qui gagne le plus de fric.

Le chœur de Clover High : C'est là que les chanteurs les plus talentueux de Clover High vont accompagner la fille à moitié sourde du prof de chant.

L'équipe de plaidoirie : Si vous avez eu la chance de naître en sachant tout sur tout, rejoignez cette équipe et discutez avec des gens comme vous. Une opinion ne se corrige pas, mais ces gamins vont quand même s'échiner à essayer !

Le club du célibat : Une assemblée de sorcières supermoches qui pensent qu'il est plus facile de « rester pure » et de se « préserver » que de reconnaître que personne ne veut coucher avec elles.

Le FAA : Les futurs agriculteurs d'Amérique. Je n'ai rien trouvé pour ça. Ce machin existe, ce n'est pas une blague !

L'orchestre de Clover High : Vous aimez jouer de la musique ? Alors, rejoignez l'orchestre pour accompagner un chœur qui ne vous appréciera pas et qui doit accompagner la fille à moitié sourde du prof de chant.

Salle de colle : Je ne pense pas qu'on puisse appeler ça un club, mais ses membres sont les plus assidus.

Et, bien sûr :

L'atelier d'écriture : Un lieu où les élèves peuvent exprimer leurs pensées et développer leur imagination à travers le pouvoir des mots. Mais si vous interrogez les autres, ils vous diront que c'est pire qu'une colle et qu'apparemment on « SUSSE MA BIT ».

Je suis resté à mon bureau après le cours de journalisme pendant trois quarts d'heure, fixant la porte. Je savais qu'aujourd'hui serait *le* jour où quelqu'un verrait enfin une de mes affiches et aurait envie de rejoindre l'atelier d'écriture.

La poignée a commencé à tourner et je me suis redressé sur ma chaise. J'avais l'impression d'être un astronaute qui découvre enfin la vie sur une autre planète. La porte s'ouvrit.

– Bonjour Malerie, dis-je, quelque peu déçu.

Au cours de mes trois années à la tête de l'atelier, Malerie a été le seul autre membre. Le club est son deuxième choix : elle ne l'a rejoint qu'après avoir été exclue du GEN.

– J'ai écrit une autre nouvelle pour le *Chronicle*, dit-elle. Et je pense que celle-ci va te plaire !

– Super ! Je t'écoute, répondis-je, m'attendant au pire.

Après s'être éclairci la voix, Malerie commença à lire son calepin :

– « Pendant un demi-siècle, les bourgeoises de Pont-l'Évêque envièrent à Mme Aubain sa servante Félicité. »

– Malerie, interrompis-je, est-ce que tu as vraiment écrit ça toute seule ?

– Non, avoua-t-elle en baissant la tête plus que d'habitude. Je suis trop nulle.

– Ne dis pas ça. Ça prend du temps d'écrire. Et ça irait mieux si tu utilisais tes propres mots.

– Mais je n'ai pas d'idées. Je n'ai aucune imagination. Dieu ne m'a donné que ce teint de pêche et des super réflexes pour jouer au ping-pong.

Elle me regarda, désespérée, avant de demander :

– Carson, comment tu fais, toi ?

J'ouvris la bouche pour répondre, mais aucun son ne sortit.

La question m'avait surpris. Personne ne me l'avait jamais posée. Comment m'y prenais-je ? D'où venait mon inspiration ?

– N'essaie pas de trouver les idées, laisse les idées venir à toi, expliquai-je, à moitié convaincu par ma réponse. C'est un sentiment des plus extraordinaires que de trouver un sujet sur lequel tu veux parler, ou réaliser quelque chose pour la première fois. Ça vient vraiment de nulle part et te frappe, comme ça. Et puis après tu ne peux penser qu'à ça, et ça te traverse le corps et ça essaie de s'échapper et de s'exprimer d'une façon ou d'une autre… Ça ressemble beaucoup à… euh…

– La foudre ? demanda Malerie.

– Ouais, c'est ça. La foudre.

Je laissai l'idée faire son chemin. Même moi j'avais été surpris par ma réponse. C'est peut-être la première fois que je parlais d'écriture dans l'atelier d'écriture. D'habitude, nos réunions se bornent à élaborer des plans pour recruter de nouveaux membres ou à faire une recherche sur une espèce d'insecte que Malerie a trouvé dans le bus du lycée. J'ai passé tellement de temps à essayer de convaincre les autres d'écrire que j'ai oublié ce qui m'avait inspiré, moi.

– Ne t'inquiète pas, tu trouveras bien quelque chose sur quoi écrire un jour, dis-je.

Elle me fit un sourire.

Au bout de toutes ces années, j'ai appris à éprouver un peu d'affection pour Malerie. Ce n'est certes pas une flèche, mais au moins elle est vivante. Elle est peut-être la chose qui ressemble le plus à ce qui serait un acolyte.

4 octobre

Vous êtes-vous déjà trouvé dans une situation où vous vous demandez : *Qu'ai-je fait au bon Dieu pour en arriver là ?* Ces moments où vous vous dites : *Tuez-moi, par pitié, je préfère mourir !* Moi aussi.

Deux fois par semaine pendant une heure après les cours, je dois supporter la réunion du conseil étudiant. Alors que les autres membres du conseil ont tous été « élus », j'ai le droit de participer aux réunions en qualité de rédacteur en chef du journal du lycée.

Ils ont essayé de se débarrasser de moi des tas de fois, et même si je préférerais être dans la bande de Gaza avec une cible accrochée sur le dos, chaque fois je repousse toutes ces tentatives d'exclusion. Ça s'appelle la liberté de la presse. Allez voir ce que ça veut dire dans un dico. D'ailleurs, si je ne participe pas à ces réunions, je ne suis jamais au courant de rien, et je dois bien écrire mes éditos de rédacteur en chef sur *quelqu'un*.

Comment décrire de façon neutre les membres du conseil étudiant ? Ce sont des gamins de bonne famille, qui n'ont jamais dû affronter un quelconque problème sérieux, et qui n'auront vraisemblablement aucun effort à faire dans la vie. Ça, c'est un point contre eux. Le fait que ce sont aussi des demeurés grincheux et arrogants est un autre point en leur défaveur.

L'un d'entre eux m'a collé un tampon usagé sur le dos la semaine dernière après la réunion. Je me suis baladé avec après les cours pendant des heures et personne ne m'a jamais rien dit. Je ne connais toujours pas le coupable.

Le conseil étudiant est dirigé par la présidente des élèves, Claire Mathews. Elle est jolie, appréciée de tous, svelte, pom-pom girl et fière de l'être. Et je la soupçonne aussi de chier d'adorables petits muffins.

Ses parents sont des machines à procréer.

Depuis 2007, chaque classe de Clover High a dû affronter la colère d'une fille Mathews.

Claire est la cadette de cinq enfants (et la dernière, j'espère). Il paraîtrait qu'elle a une sœur plus jeune encore, mais elle n'est pas née aussi parfaite que les autres, alors ses parents s'en sont débarrassés comme d'une malpropre, comme dans *La Toile de Charlotte*. (C'est moi qui ai lancé ce ragot.)

La vice-présidente du conseil étudiant est aussi la rédactrice en chef de l'album de promo, Remy Baker. Je n'admettrai jamais qu'un lycéen puisse rivaliser avec mon intellect, mais Remy est sans doute la personne qui s'en rapproche le plus. Elle est intelligente, ambitieuse et engagée (ça vous rappelle quelqu'un ?). La différence est que Remy suinte tout ce qu'il a de plus *cool*. Alors évidemment on se dispute comme deux boucs en rut qui se battent autour d'une chèvre.

Elle exploite son pouvoir pour faire du mal. En seconde, Remy a « oublié » de me mettre dans l'album de promo. Comment peut-on « oublier » de mettre un élève dans l'album de promo ? Elle était juste jalouse parce que mon projet pour la journée d'Histoire l'avait emporté sur le sien.

Physiquement, Remy a cessé de grandir au CM1. Je ne dis pas que c'est un Hobbit (je ne suis pas du genre à insulter les gens). Je dis juste que si on recherche un manquant à l'appel dans le comté, elle répond au profil.

Justin Walker est responsable des sports, et c'est aussi le chef du club d'athlétisme. Il est tellement bête que si vous lui passiez une boîte remplie de pierres, il en planterait une et affirmerait qu'il va faire pousser une montagne. Son frère aîné, Colin Walker, qui a passé son bac quand nous étions en seconde, est aujourd'hui l'entraîneur de foot, et Justin vit plutôt dans l'ombre de son frère… quand il n'est pas en train de courir derrière elle.

Je devrais aussi mentionner le fait que Claire et Justin sortent ensemble. Ouais, la chef des pom-pom girls et le chef des sportifs font la paire ! Oui, je sais, c'est hallucinant ! Carrément pas un cliché du tout ! Je suis sûr que c'est l'amour fou.

Les autres membres du conseil étudiant sont Scott Thomas, responsable des arts et président de l'atelier de théâtre, et Nicholas Forbes, le trésorier du conseil et président du CAFE.

Scott Thomas me déteste depuis que j'ai écrit une critique sur sa performance dans *Les Misérables*. J'ai dit qu'il jouait « faux et de façon superficielle », parce que c'était vrai. Je suis désolé, mais même si c'était une production à petit budget, Jean Valjean n'aurait pas des mèches et n'apparaîtrait pas en scène pour chanter aussi « J'ai fait un rêve ». C'était nul et j'ai dit les choses franchement, alors il peut aller se faire voir.

Nicholas Forbes est le fils aîné de l'homme le plus riche de Clover. Sa famille possède pratiquement tout dans la ville : les centres commerciaux, les terres agricoles, et même un certain nombre de citoyens, je crois. Ses parents lui ont donné un 4 × 4 le jour de ses seize ans, et même si je n'ai pas été convié à son anniversaire, il paraît qu'il y avait des iPod dans les sacs cadeaux des invités.

Je doute que leur nom soit réellement Forbes. Je crois qu'ils l'ont changé exprès pour faire chier le monde. On a compris, les gars, vous pissez le fric à volonté.

Pour résumer, dans le conseil étudiant se trouve Claire Mathews (l'atroce reine des abeilles), Remy Baker (l'abrutie de l'album de promo), Justin Walker (le sportif écervelé), Scott Thomas (l'artiste affreux) et Nicholas Forbes (le riche con). Il pourrait y avoir une interro et, ou un procès pour meurtre tout à l'heure, alors je voulais m'assurer que vous aviez les bonnes infos.

– J'ai de très bonnes nouvelles, commença Claire. Je suis heureuse de vous dire qu'il y aura assez de camionnettes et de camions pour que tous les clubs puissent parader le jour de la fête de la rentrée.

Tout le monde poussa un soupir de soulagement comme dans un mauvais mélo.

J'ai un cahier spécial pour les réunions du conseil étudiant. Il contient surtout des illustrations de plusieurs mécanismes de torture et d'exécution que j'élabore dans mes rêveries, au lieu d'écouter les délires égocentristes de Claire. Cette semaine, je fabrique une machine combinant guillotine, eau bouillante et chaise électrique.

– Même si nous sommes tous impatients d'organiser la fête de la rentrée, il faut aussi choisir un thème pour le bal, car il va bientôt avoir lieu, nous dit-elle. Avez-vous des idées ?

– « Les jambes au soleil », proposa Remy haut et fort.

– On est bons pour avoir un cancer de la peau, dis-je.

– Ça serait sympa, insista Remy.

– C'est une excuse pour porter des tongs et un Bikini à l'école, repris-je.

Ils commençaient à s'impatienter.

– Que pensez-vous de *1 Night in Paris* ? dit Nicholas. J'y suis allé avec ma famille un été, et c'était génial !

– Trop bonne, l'idée ! commenta Scott.

– C'est super ! cria Remy.

Ils hochaient tous la tête.

– Si nous le faisons jusqu'au bout, on risque de dépasser notre budget, raisonna Claire. Nicholas, penses-tu que ton père pourrait le financer ?

– Il ne nous a encore jamais rien refusé, fit Nicholas avec un sourire douteux.

J'ai vomi intérieurement avant de dire :

– *1 Night in Paris* ? Comme le film porno ? Vous êtes sérieux ?

Ces nazes s'affalèrent sur leurs chaises. Vraiment ? *1 Night in Paris ?* Ils avaient perdu la tête ?

– OK, c'est bon. Faisons quelque chose de plus simple, comme « Sous la mer », proposa Claire. C'était le thème du bal de mes parents.

– Bon, si vous ne voulez pas faire quelque chose d'original, remarquai-je.

– On ne veut pas, s'énerva Remy.

– Super, dis-je alors. Tout le monde peut apporter ses crabes.

Je commençais vraiment à énerver cette bande de nullos. Je ne sais pas pourquoi ils s'énervent comme ça. Ils ont de la chance que je me moque de leurs propositions, avant qu'un autre lycée ne le fasse.

– Je te déteste plus que je ne déteste l'Holocauste ! me lança Remy.

– Mords-moi, Hobbit, répliquai-je.

(Finalement, je suis du genre à insulter les gens.)

– On n'a pas besoin de l'écouter. Il est là seulement parce qu'il est le rédacteur en chef de ce journal débile, dit Remy aux autres.

– Mec, qu'est-ce que t'en as à faire ? me demanda Justin. De toute façon, tu ne vas pas y aller.

– Mais vos trucs sont trop cons !

– D'accord, Carson, alors pourquoi tu ne choisis pas un thème ? me dit Claire d'un air défiant.

La bande de nazes se tourna vers moi, menaçante. Scott s'imagina même à la tête d'une contre-attaque courant dans ma direction.

– D'accord, dis-je en réfléchissant un peu – mais pas trop, car mon idée la plus conne serait de toute manière meilleure que leurs âneries de propositions. Vous aimez tous la télé, non ? Pourquoi ne pas faire le thème « Les couples les plus célèbres de la télé » ? Les gens pourraient se déguiser en Fred et Wilma, Mulder et Scully, ou Lucy et Ricky…

Ils échangèrent des regards furtifs. Ils savaient que mon idée était la meilleure, et ça les emmerdait.

– Benoît et Robin dans *Secret Story 4* ! cria Scott tout excité.

– Hein ? Non, non … ce n'est pas ce que je voulais dire…

– Jon et Kate, proposa Remy.

– Snooki et Mike, The Situation, Sorrentino[1] ! dit Justin, et il souleva son tee-shirt pour nous montrer ses abdos.

---

1. Personnage d'une émission de télé-réalité, *Jersey Shore (N.d.T.)*.

– Vous plaisantez ? m'étranglai-je. C'est de la télé-réalité. C'est ridicule !

Mais le mal est fait. Demain matin, ils vont annoncer le thème pour le bal de rentrée 2012 de Clover High : « Couples célèbres de la télé-réalité. » Et c'est entièrement ma faute.

Abâtardir mon idée est le troisième et dernier point contre eux ! C'est officiel, je les déteste.

Je me rends compte que je hais les réunions du conseil étudiant parce qu'elles me font douter de moi : si je n'arrive pas à ce qu'ils m'écoutent, *eux*, comment vais-je réussir à faire en sorte que le *monde* m'écoute un jour ? Alors je tente de me convaincre que c'est la parfaite illustration du fait que le lycée existe dans une dimension qui lui est propre, et qu'il ne reflète pas le monde réel. J'ai regardé mon calepin, et avant la fin de la réunion j'ai ajouté des piques à ma machine à torturer et à exécuter. Ça m'a calmé.

30 septembre

J'ai passé pas mal de temps avec grand-mère aujourd'hui, plus que d'habitude. En général, je reste assis avec elle pendant une heure ou deux, et je fais mes devoirs pendant qu'elle dit n'importe quoi.

– Et c'est pour ça que je ne vais pas voter pour Nixon, déclara-t-elle plusieurs fois. Cet homme est tellement tordu que ses chaussures doivent être vissées à ses pieds ! Tu m'as entendu ?

Mais je ne sais pas pourquoi, aujourd'hui elle a dit quelque chose qui m'est resté.

Au début, ma visite se déroulait comme à l'accoutumée. Je suis arrivé à la maison de retraite après les cours. Dieu merci, j'ai réussi à sortir vivant du parking du lycée. En allant vers la chambre de grand-mère, j'ai salué d'un geste la réceptionniste de la maison de retraite, Kathy. (Kathy ne m'a jamais salué en retour. Je ne l'ai jamais vu cligner des yeux. Elle se contente de fixer la porte d'entrée toute la journée. Je crois que son titre d'« employée » risque bientôt de se transformer en celui de « patiente ».)

– Bonjour grand-mère, ai-je dit en passant la porte.

Elle tricotait, assise sur son lit.

– Qui êtes-vous ? demanda-t-elle les yeux ronds.

Chaque fois que j'entends ça, j'ai de la peine.

– Carson, répondis-je. Ton petit-fils.

– Non, dit-elle en secouant la tête. Mon petit-fils est un enfant.

– J'ai grandi, fis-je en haussant les épaules.

Pendant un quart de seconde, j'aurais juré qu'elle m'avait reconnu, mais c'était peut-être simplement ce que j'espérais. Elle se leva de son lit et se dirigea vers la sortie.

– Je reviens, dit-elle.

Quelques minutes passèrent. Je me suis assis et j'ai commencé à faire mes devoirs. Je l'entendais parler à l'une des infirmières dehors :

– J'ai besoin d'utiliser le four, expliquait-elle.

– Vous ne pouvez-pas utiliser le four, répondit l'infirmière.

– Mais j'ai un invité, et il a peut-être faim, insista grand-mère.

Quelques minutes plus tard, elle revint avec une assiette remplie de Prince.

– Voilà, c'est fraîchement sorti du four, dit-elle en me tendant l'assiette avec un sourire.

Je ne pus m'empêcher de sourire à mon tour.

– Merci, dis-je.

Je fouillai dans mon sac à dos et lui donnai le *Chronicle* de la semaine dernière.

– Je t'ai apporté le dernier numéro du *Clover High Chronicle*.

Elle prit le journal, le regarda un instant, puis me regarda à nouveau.

– L'article que j'ai écrit s'appelle « Un scandale sexuel dans une ville de province », dis-je. C'est comme « Le génocide des balayeurs », cet autre article qui t'a tant plu…

– Connaissez-vous mon petit-fils ? me demanda-t-elle.

Elle m'a déjà posé mille fois cette question, mais je ne pense pas qu'on puisse s'habituer à ce qu'un membre de notre famille nous demande qui nous sommes.

– Je crois, répondis-je.

– Il me manque, dit grand-mère, et ses yeux s'emplirent de tristesse. Il ne vient plus jamais me rendre visite. Il avait l'habitude de m'écrire des histoires.

Son visage s'illumina à nouveau.

– Je me souviens de la première histoire qu'il m'ait écrite, continua-t-elle avec un large sourire. « Il était une fois un garçon. »

Elle gloussa longuement.

– Je m'en souviens aussi, dis-je.

C'est peut-être bizarre de dire ça, mais j'étais vraiment content que ce souvenir ait survécu au désastre.

– Je lui ai dit que l'histoire gagnerait à être un peu développée. Alors le jour suivant, il m'a apporté une autre histoire. « Il était une fois un garçon qui voulait voler dans les airs. »

J'avais complètement oublié ce détail.

– Mon petit-fils m'inquiète, ajouta grand-mère, la mine assombrie. Il a changé au fil des ans. Je crois que ses parents sont sur le point de divorcer, vous comprenez ? Il était si heureux lorsqu'il était enfant, mais maintenant il se balade avec tant d'énergie négative. Parfois, on peut s'écraser sous ses propres fardeaux, vous voyez ?

Elle se dirigea vers la fenêtre en hochant la tête et regarda le jardin au-dehors. Même atteinte d'Alzheimer, elle avait encore des choses poignantes à dire. Elle se retourna vers moi, sur le point d'ajouter quelque chose, mais j'ai vite vu qu'elle était perdue lorsqu'elle m'a regardé dans les yeux.

– Connaissez-vous mon petit-fils ? demanda-t-elle à nouveau.

– Je croyais que oui, dis-je.

Elle haussa les épaules et continua de tricoter.

J'ai terminé mes devoirs, mais je me suis attardé jusqu'à ce que la nuit tombe. Je n'avais pas envie de la quitter. Je voulais profiter de ma grand-mère autant que possible.

Au bout d'un moment, elle s'endormit et je décidai qu'il était temps de rentrer, mais j'ai repensé à ce qu'elle m'avait dit sur le chemin de la maison. Je sais que je suis aigri et un peu désabusé, et j'en tire un certain plaisir. Mais est-ce que je suis quelqu'un de triste ? Suis-je heureux ? J'ai l'intention d'être heureux plus tard, c'est sûr, mais ce n'est pas encore ça. Que suis-je alors ? Je n'ai jamais été quelqu'un qui pouvait vivre et analyser *le moment présent*.

Je suis arrivé à la maison à dix heures moins le quart. Il y avait une nouvelle collection de médicaments sur ordonnance sur la table de la cuisine, et j'étais heureux de voir que maman était sortie aujourd'hui, même si c'était pour aller à la pharmacie. Elle était assise dans le patio à l'arrière et observait les étoiles, ivre comme un Cosaque.

– Où étais-tu ? demanda-t-elle.

– À Munich.

Elle leva les yeux au ciel.

– Il y a des gens qui rentrent chez eux pour retrouver un beau fiancé et des échographies. Moi, j'ai un petit malin dont je n'ai jamais voulu.

Cette remarque pourrait vous sembler particulièrement méchante, mais j'ai l'habitude d'entendre les lamentations imbibées de ma mère. J'imagine qu'elle a dû croiser une femme enceinte aujourd'hui et ça l'a rendue dingue. Tout ce qui peut lui rappeler mon père la fait souffrir.

– Je n'étais pas prévu, hein ? dis-je.

– Il ne faut jamais avoir d'enfant pour sauver un mariage. Ça ne marche pas, continua-t-elle. J'aurais pu être quelqu'un ! J'aurais pu être une *pharma-*

cienne ! Mais j'ai décidé de rester au foyer parce que c'était ce que je croyais vouloir, parce que c'était ce que je croyais qu'il voulait.

– Il n'est pas trop tard pour changer ta vie, maman.

– Ça fait des années qu'il est trop tard, dit-elle, ou plutôt marmonna-t-elle. Tu as de la chance, Carson. Tu es jeune et naïf. Tous ces rêves de quitter cette ville et de devenir quelqu'un semblent encore à ta portée. Garde tes illusions aussi longtemps que possible.

Après qu'elle eut dit ces mots, ses yeux s'emplirent de larmes.

– Bonne nuit, maman, dis-je, avant de quitter la pièce.

J'avais peur de commencer à la croire, si je continuais à l'écouter.

J'imagine que grand-mère n'est pas la seule personne dans ma vie qui raconte n'importe quoi. Heureusement, je ne prends au sérieux que ce que dit une femme atteinte d'Alzheimer.

Bonne nuit. Demain, c'est le week-end, Dieu merci.

8 octobre

Je déteste les lundis de tout mon cœur. Alors c'est vrai que j'étais de mauvais poil ce matin. Mais aujourd'hui peut aller se faire lobotomiser. Tout est parti de la source de toutes les frustrations de l'humanité. Vous avez deviné ? Le parking des élèves.

J'allais me garer (j'avais même mis mon clignotant, ce qui ne sert à rien) quand une Jeep énorme apparut de nulle part et me vola mon emplacement. Si je n'avais pas pilé au moment où je l'ai aperçue, ma voiture et moi serions en miettes à l'heure qu'il est.

Une idiote de l'équipe de volley était au volant. Elle ne faisait attention qu'aux trois amies qu'elle emmenait à l'école et à la musique atroce qui sortait à plein volume de ses enceintes.

Ce n'est même pas ça qui m'a énervé. Ce qui m'a vraiment mis hors de moi, c'était l'autocollant : C'EST UN TRUC DE JEEP – TU PEUX PAS COMPRENDRE.

Je ne sais pas pourquoi, mais j'ai pété les plombs. Je suis sorti de ma voiture en claquant la portière et je suis allé jusqu'à sa vitre.

– Hé ! criai-je en tapant dessus.

Elle me regarda de haut en bas, émit des gargouillis et se retourna vers ses amies.

– Je sais que tu m'entends ! Ta voiture n'a pas de toit !

– Qu'est-ce que tu veux ? dit-elle enfin.

– J'aimerais comprendre un truc.

– De quoi ?

Elle était si conne qu'elle ne savait même pas poser correctement une question aussi simple.

– Ton autocollant, repris-je. Je ne saisis pas. Qu'est-ce que je ne peux pas comprendre parce que je ne conduis pas comme Crocodile Dundee ?

– Mec, tu pues du cul, répondit la fille de la Jeep, et ses amies commencèrent à ricaner.

– Je puerai quand je serai un cadavre ! criai-je. (Oui, c'était nul.) Apprends à conduire !

Je suis retourné à ma voiture et j'ai trouvé un emplacement à l'autre bout du parking.

Donc, comme je le disais, je me suis réveillé de mauvais poil et le reste n'a fait qu'empirer. J'ai dû supporter une journée type d'incompétence. Un crétin a donné un laxatif aux mouettes pendant le déjeuner, du coup il y avait de la merde et des entrailles d'oiseau partout. Pauvres balayeurs.

Le soir, j'ai eu mon cours de journalisme. Je priais pour que quelque chose arrive à ce moment-là afin de sauver ma journée. J'espérais que Dwayne avait encore vu *Meurtre III* et qu'il s'en souviendrait cette fois. J'espérais que Vicki avait au moins noté quelque part qu'aujourd'hui le temps était *nuageux*. J'espérais que Malerie aurait au moins changé un mot dans les phrases qu'elle copiait.

Mon grand-père avait un dicton : « Tu peux cueillir les espoirs d'une main, ramasser de la merde de l'autre, et voir quelle main se remplit la première. »

Espérer ne m'a servi à rien. Ces trous du cul n'avaient absolument rien foutu.

– Le journal part à la reprographie demain et aucun d'entre vous n'a écrit quoi que ce soit !

– J'ai rassemblé ces photos de chatons, corrigea Malerie, en me montrant une pile de photos de chats qu'elle avait tirées d'Internet.

Je ne sais pas ce qu'elle comptait faire de tout ça.

– Y a-t-il une seule personne d'entre vous qui ait envie d'être là ? demandai-je.

– Moi, répondit Malerie, en montrant les photos de chats.

– Eh bien, on dirait que je vais être là toute la nuit pour faire ce que vous étiez censés faire, une fois de plus, maugréai-je.

– Tu peux arrêter avec ton monologue ? interrompit Vicki. On s'en fout ! De toute façon, personne ne lit le *Chronicle* !

– Le cours d'arts plastiques s'en sert pour faire du papier mâché, expliqua Dwayne.

Je me suis tourné vers lui. Disait-il vrai ? Probablement. Dwayne est trop con pour essayer de faire le malin. Ça m'a fait un coup, et je suis resté silencieux. J'ai horreur d'avoir l'air fragile devant eux.

La cloche a retenti et ils sont partis comme des cafards. Vicki est restée un moment. Je n'aimais pas sa façon de me regarder, pleine de pitié. Je ne me sens jamais aussi minable que quand *la fille gothique* a pitié de moi.

– Carson, pourquoi est-ce si important pour toi ? demanda-t-elle. Ça n'en vaut pas la peine, tu sais ?

Elle est partie rejoindre les autres et je me suis retrouvé seul dans la salle. J'ai pris un moment pour réfléchir à ce qu'elle venait de me dire. J'imagine que pour elle ça n'a pas de sens d'être aussi passionné par quelque chose. Mais est-ce que ça a un sens pour moi ? Est-ce que j'ai un avenir plus assuré en m'occupant d'un journal de lycée qui agonise ?

Parce qu'il faut que je puisse me retenir *à quelque chose*, décidai-je. Je pense que je supporte encore moins de révéler ma faiblesse à moi-même qu'aux autres.

J'ai envisagé de ressortir un numéro du mois précédent. Puisque personne ne « lit » le *Chronicle,* en principe, personne ne le remarquerait. Mais si j'avais fait ça, j'aurais prouvé qu'ils avaient raison, et j'aurais préféré chier du verre pilé que de les laisser gagner.

Du coup, ça fait quatre heures que je suis assis dans la classe de journalisme à essayer de pondre le dernier numéro du *Clover High Chronicle*.

D'ailleurs, ça fait une heure et demie que j'ai envie de pisser. J'espère que les toilettes ne sont pas fermées.

8 octobre, encore

Bon… ça fait vingt minutes que je regarde ce journal intime fixement, cherchant à décrire ce que je viens de voir dans les toilettes des garçons… En même temps, je ne suis pas sûr de le savoir vraiment.

Je traversais le couloir (je n'appelle plus ça une tranchée quand le monde est parti) en direction des toilettes. Je suis souvent le dernier à l'école, alors j'étais content de voir que les toilettes étaient encore ouvertes… et apparemment, je n'étais pas le seul.

J'ai entendu des gloussements (oui, des gloussements !) et des gémissements dès que j'ai franchi le seuil de la porte. Eh oui, y avait des gens en train de s'amuser là-dedans ! C'est pas la chose la plus dégueu que vous ayez jamais entendue ?

Je me suis accroupi et j'ai vu deux paires de pieds dans une des cabines. J'ai toussoté, pour prévenir les amoureux des toilettes qu'ils n'étaient plus tout seuls. Ils ne s'y attendaient pas du tout et ils ont commencé à paniquer. J'ai cru reconnaître en partie les petits chuchotements qui suivirent le bruit de vêtements, mais rien n'aurait pu me préparer à ce qui s'est passé ensuite.

Nicholas et Scott sont sortis de la cabine en rajustant leurs pantalons. NICHOLAS FORBES et SCOTT THOMAS ! Prenez un moment pour respirer. Moi j'en ai besoin. Faisons ça ensemble. Inspirez … retenez l'air un moment… expirez. Ça va mieux ? Moi non plus.

Bon, j'imagine qu'au fond de moi je pensais que ce n'était qu'une question de temps avant que je ne trouve Scott en train de jouer au docteur avec une petite de seconde qu'il aurait rencontrée sur Facebook, mais le surprendre avec Prince Nicholas Forbes de Clover… j'y crois trop pas.

Heureusement, je n'avais pas de crayon avec moi. J'avais envie de me crever les yeux.

– Messieurs, je dois dire que je suis en état de choc. Amusé aussi, mais en état de choc ! dis-je après un moment, le temps de me remettre les idées en place.

Nicholas est devenu tellement pâle qu'il était presque transparent.

Scott avait juste l'air embêté d'avoir été interrompu.

– Tu ne le diras à personne, hein ? demanda Nicholas en me regardant l'air de « on est copains, dis ? » ou « eh merde, j'suis mort ».

– Vas-y, dis-le à tout le monde. On s'en tape ! s'exclama Scott.

– Ta gueule, Scott ! s'écria Nicholas, avant de me regarder avec un sourire mi-figue, mi-raisin. Mes parents ne doivent jamais l'apprendre. Mon père est ami avec Michele Bachmann, cette héritière spirituelle du cardinal Lustiger. Ils vont m'envoyer dans un camp de vacances où on passe ses journées à prier.

– Écoutez-moi, Cagney et Lacey, dis-je alors, amusé par mon mot d'esprit. Je sais ce que c'est qu'être un marginal. Je n'ai pas envie d'imposer à quiconque les emmerdes du marginal qui sort du placard. Alors je ne dirai rien.

– Génial, dit Scott, presque déçu de voir que je comprenais les choses.

– Merci, ajouta Nicholas, qui reprenait des couleurs.

Je me suis senti insulté qu'ils aient pu penser que j'étais le genre de personne qui allait dévoiler leur petit secret. Je dirige un journal, pas un magazine people. Du coup, j'ai aussitôt imaginé une autre façon de tirer parti de la situation plutôt que d'en faire une histoire de chasse aux sorcières.

– Mais… repris-je.

Ils s'immobilisèrent.

– … Puisque je ne vais rien dire à votre sujet, vous savez, sur votre goût pour (je mimai le fait de sucer, même si je pensais qu'ils savaient à quoi je faisais référence)… vous pouvez peut-être faire quelque chose pour moi ?

Scott me regarda en souriant du coin de l'œil. Je pense qu'il s'imaginait quelque chose de sexuel. (Je dois ajouter que son sourire avait l'air de dire : « Tu peux rêver », ce qui m'a énervé.)

– Combien tu veux ? demanda Nicholas en sortant son portefeuille.

– Eh oh ! t'as pas honte ? lui dit Scott.

– Je ne veux pas un sou de toi, Nicholas, dis-je, avant de plisser les yeux. Mais tu sais ce dont a besoin le *Clover High Chronicle* ? D'une section consacrée à la finance et d'un article hebdomadaire sur ce qu'il se passe dans le département des arts du spectacle.

Ils échangèrent un regard, puis se tournèrent vers moi.

– Tu veux qu'on écrive des *artiques* pour ton journal de merde ? dit Scott en ricanant.

La tête que je fis leur fit comprendre que je ne plaisantais pas.

– Pendant combien de temps ? demanda Nicholas.

– Jusqu'au bac, et après chacun sa route.

– Je préfère que tu le racontes à tout le lycée, décida Scott en me dévisageant.

– Ta gueule, Scott ! cria Nicholas.

– Tu me parles comme ça juste parce qu'il est là, lui ? dit Scott.

– C'est d'accord, me dit Nicholas.

J'ai joint mes deux mains comme si nous venions de conclure une super affaire.

– Messieurs, taillez vos crayons ! dis-je.

Alors à partir de la semaine prochaine, Nicholas Forbes et Scott Thomas feront officiellement partie de l'équipe du *Clover High Chronicle* ! Je n'en reviens pas. Ça s'appelle être au bon endroit au bon moment ! Je remercie le ciel ! Et ce n'est même pas mon anniversaire, aujourd'hui !

Bon, j'avoue que forcer deux gamins homo à faire quelque chose contre leur gré sous peine de les dénoncer peut vous sembler un peu cruel (sans déconner, c'est ce que je suis en train de faire ?), mais ce n'est pas aussi méchant que ça n'en a l'air. Et j'aimerais que les choses soient claires : je suis un extorqueur qui ne fait pas de discrimination.

Je me fiche de savoir ce que vous êtes : gay, hétéro, bi, noir, blanc, mauve, chien, chat ou pigeon. Si vous vous comportez comme un con avec moi, je me comporterai pareil avec vous. Et ces mecs-là l'ont cherché depuis belle lurette.

Franchement, ils ont tellement de chance que ce soit moi qui les ai surpris « sifflant comme des serpents », parce que ça aurait pu très mal se terminer pour eux. Cette ville n'est pas un bon endroit pour… disons, ce genre de truc.

En même temps, chapeau. Je me demande comment ils ont bien pu se trouver l'un l'autre dans les tranchées de Clover High. C'est même plutôt admirable. Ça prouve qu'il y a toujours quelqu'un, quelque chose, quelque part, si on garde les yeux ouverts.

J'avoue que tout ce qui concerne le sexe est un pan de ma vie que je n'ai pas tout à fait exploré. D'abord, je crois qu'on en fait beaucoup trop de cas. Est-ce que ça doit vraiment être la cause profonde derrière tout programme télé ou toute histoire au cinéma ? Est-ce que les gens, personnages, ne font plus jamais rien juste par curiosité ?

Ça m'énerve tellement que j'ai tout simplement arrêté de regarder la télé et d'aller au ciné. Montrez-moi un film qui s'adresse à ma génération et qui évoque l'idée de se connaître soi-même et d'accomplir des objectifs qu'on peut se fixer dans la vie, et je serai tellement content que je pourrai vous coller une claque ! Aujourd'hui, ce ne sont que des histoires de coucheries, d'érection et de trous, d'être homo ou pas, bla-bla-bla… C'est usant à la longue.

Une fois, j'ai cru être homo pendant une semaine environ (je pense que ça arrive à tout le monde). Mais c'est seulement parce que je trouvais toutes les filles autour de moi répugnantes. Sérieux, avec qui suis-je censé flirter à l'arrière de ma voiture ? Remy ? Malerie ? Mme Sharpton ? (Il faut que j'arrête de faire une liste, rien que d'y penser j'en ai la nausée.)

Et puis, ai-je vraiment envie de faire l'amour pour la première fois avec quelqu'un de Clover ? Quelqu'un avec qui j'aurais des relations maladroites jusqu'à la fin de mes jours ? Pourquoi me compliquer la vie et stresser alors que je peux arriver au même résultat tout seul ?

En même temps, je ne me considère pas tout à fait comme étant vierge, probablement parce que j'ai un caractère si pénétrant.

Vous voulez connaître le nom de celle qui m'attire ?

La journaliste Rachel Maddow. Je sais, je suis trop jeune pour elle et elle n'est pas attirée par les hommes de toute façon. Mais vous voulez savoir pourquoi c'est elle, ma pin-up ? Parce que *l'intelligence* est bandante. Être avec quelqu'un de mentalement conscient est excitant.

Franchement, après avoir vu mes parents se disputer pendant le plus gros de mon existence, je ne suis même pas sûr qu'il puisse y avoir des couples. J'aime être indépendant pour tout… Non, ce n'est pas vrai, maintenant on dirait que je suis asexué ou que je passe mon temps à me masturber. Peut-être que le fait de grandir avec tout ça m'a affecté beaucoup plus profondément que je ne le croyais.

Enfin bref. Je suis sûr que je trouverai la réponse un jour. Il faudra que j'y repense à l'occasion. Pour le moment, j'ai d'autres chats à fouetter. Et maintenant que Nicholas et Scott bossent pour le *Chronicle,* les choses semblent prendre un bon tournant ! (Plaisanterie mise à part.)

Merde, je dois aller pisser. Je vais me retenir jusqu'à la maison. Je n'utiliserai plus jamais ces toilettes.

10 octobre

J'ai réussi à dissuader le prof de m'envoyer en colle aujourd'hui. Ce n'est pas la première fois, et ce ne sera pas la dernière.

J'étais assis en cours d'éducation civique quand le prof a demandé :

– Qui sait quel gouvernement s'est illustré par le Watergate ?

– Reagan ? proposa Justin Walker, assis à côté de moi.

– Non, lui c'est le sourire *Col*-gate ! dis-je, rigolant comme un taré.

Laissez-moi vous expliquer pourquoi je me suis mis dans ces sales draps. D'abord, personne n'a compris la blague à part le prof. Ensuite, il donne des cours d'éducation civique, autrement dit, il n'a aucun humour.

– Venez me voir à la fin du cours, monsieur Phillips, dit-il.

Après qu'il a eu terminé de nous saouler avec l'importance des trois pouvoirs, et après que j'ai tenté de faire une dizaine de blagues totalement nazes pour essayer de justifier son existence en faisant ami-ami avec des ados, je suis allé le voir à son bureau.

– Keskiya ?

(J'aurais pu lui adresser la parole plus gentiment.)

– Pensez-vous que votre plaisanterie était de bon goût, monsieur Phillips ?

– Non. Elle aurait peut-être été mieux appréciée en cours d'arts plastiques.

(Encore une fois, aucun humour.)

– Monsieur Phillips, combien de fois dois-je vous dire que des remarques de ce genre sont totalement hors de propos…

Il continua de parler, mais je ne l'écoutais plus.

– C'est vous qui avez choisi d'asseoir Justin Walker à côté de moi. Depuis l'école primaire, les profs ont essayé ce genre de trucs avec moi et je ne me suis jamais plaint. Tout le monde croit qu'en mélangeant les crétins avec les gamins intelligents, les premiers vont devenir un peu moins bêtes, mais c'est le contraire, chaque jour je sens que mon QI chute de quelques points.

– Et alors ?

– Et alors, je pense que le système éducatif ne s'intéresse qu'à ceux qui ne méritent pas de recevoir un *système d'éducation prioritaire*. Des exceptions devraient être faites pour des élèves comme moi aussi, expliquai-je. Alors c'est comme ça que j'apprends, en usant de sarcasmes.

– Monsieur Phillips…

Il soupira et se frotta les yeux. Si ce type prend sa retraite anticipée, ce sera peut-être à cause de moi.

– Pourquoi ma blague était-elle pire que celle que vous avez faite quand vous avez comparé les trois pouvoirs avec les Pieds nickelés ? Au moins ma blague s'appuie sur des faits historiques réels.

– Ça suffit, Carson. Allez-vous-en.

Il me fit un signe en direction de la porte.

J'ai pensé que ma lutte continuelle avec le monde allait se poursuivre en cours d'anglais, mais quand j'y suis arrivé, j'ai trouvé un mot sur ma table. Il était écrit sur un Post-it en forme de cœur et disait :

« Hé, petit génie, j'ai des nouvelles de Northwestern. Passe dans mon bureau à l'occasion. Des bizz, Mme Sharpton. »

Évidemment, je me suis précipité pour la voir, sans même prévenir ma prof d'anglais que je partais.

Je ne pensais pas que ce fût très utile : je suis prêt à parier que tout de ce que nous allions dire sur *Hamlet* a déjà été dit au cours des quatre cents dernières années.

J'ai fait irruption dans le bureau de Mme Sharpton. J'avais l'impression que je venais chercher les résultats d'un test de grossesse.

– Vous avez des nouvelles de Northwestern ?

Mme Sharpton faillit tomber de son siège.

– Purée, tu m'as fait peur !

Elle était en train de manger un sandwich qui faisait deux fois sa taille. Elle me montra fièrement du doigt un énorme mug vert avec CC marqué dessus.

– J'ai eu le mug ! dit-elle, super enthousiaste. C'est une édition limitée, en plus !

Je n'en avais rien à foutre et ça devait se voir.

– Oui, OK, j'ai des infos. C'est une école d'intellos qui t'intéresse, dis donc. Ils m'ont même demandé de patienter un moment au téléphone.

– Et alors ? dis-je en la suppliant du regard pour qu'elle en vienne au fait.

– Eh bien je ne sais pas si tu as été pris ou refusé, dit-elle d'un air désintéressé, mais la personne à qui j'ai parlé m'a dit que les journaux de lycée et les clubs n'impressionnent plus personne.

Merde !

– Si tu veux attirer leur attention, il faut leur envoyer autre chose, reprit Mme Sharpton.

– Comme quoi ?

– Attends, je l'ai noté…

Elle me regarda d'un sale œil, énervée d'avoir été dérangée pendant son déjeuner. Je l'ai fixée, l'air de dire : « Écoute, pouffiasse, c'est mon avenir dont on parle. Ton sandwich attendra. »

– D'accord, voyons voir, dit-elle en regardant dans un dossier à côté d'elle.

Elle trouva un bout de papier sur lequel elle avait écrit quelque chose.

– Tu peux leur envoyer un roman, un recueil de poèmes… je n'arrive pas à me relire.

– Je ne suis ni un romancier ni un poète. Je suis un *journaliste*, expliquai-je.

– Je sais, je sais, dit-elle d'un ton moqueur. Tu es un *journaliste*. Bon, eh bien pourquoi tu ne ferais pas un magazine littéraire ?

– Un magazine littéraire ?

– Ouais, apparemment, c'est moins banal qu'un journal de lycée. Mais un magazine avec ton travail à toi et à d'autres pourrait montrer que tu sais convaincre des élèves d'écrire tout en écrivant toi-même, dit-elle d'un ton enjoué.

Bordel de merde, pensai-je. Mais comme un capitaine qui se rend compte qu'il n'a pas suivi la bonne étoile du Nord, j'ai immédiatement changé de cap. Si ça peut me donner un avantage d'un quart de poil, je n'ai pas le choix. Et puisque la date limite pour les candidatures anticipées à Northwestern est le 15 novembre, je dois faire vite.

– D'accord, je vais le faire. Mais comment ?

– Je ne sais pas comment on fait un magazine littéraire, dit Mme Sharpton en haussant les épaules, la bouche pleine de son sandwich. Mais demande d'abord l'autorisation au proviseur, parce qu'il peut être vraiment chiant…

Elle rougit, ce qui jurait avec tout ce rose.

– Euh, ce n'est pas ce que je voulais dire…

Je ne l'écoutais plus. J'étais déjà en train de réfléchir à un nouveau plan d'action.

– D'accord, fis-je en partant.

J'avais encore un truc à dire à Mme Sharpton, mais j'avais du mal à me le rappeler.

– Merci, dis-je enfin.

Ça faisait longtemps que je n'avais pas utilisé ce mot.

J'ai couru aussi vite que possible jusqu'au bureau du proviseur.

– Tu dois avoir un mot d'excuse, me dit un pion.

– Ta gueule, lançai-je en continuant ma course.

Comment allais-je obtenir une autorisation de M. Gifford ? Il est difficile à convaincre. C'est l'homme le plus grand que j'aie jamais vu. De fait, c'est un ancien catcheur américain, et ça se voit qu'il regrette profondément d'être devenu proviseur de lycée.

Quand on le regarde dans les yeux, on peut le voir en train de pratiquer les exercices mentaux de gestion du stress qu'il a dû apprendre. Ça doit être épuisant d'avoir une voix dans la tête qui vous dit « Inspirez… expirez… comptez jusqu'à dix » toute la journée.

Ça ne va pas très bien entre nous depuis ma première, quand j'ai essayé de le convaincre de rendre la lecture du *Chronicle* obligatoire pour tous les étudiants et le corps enseignant. Ce fut une conversation qui dura un mois et pendant ce laps de temps je lui ai envoyé 1 893 e-mails. J'ai perdu, mais je maintiens que c'était une bonne idée.

J'ai couru jusqu'à son bureau, mais il n'y avait que sa secrétaire, Mlle Hastings.

Mlle Hastings est très jeune et jolie, presque trop jolie pour travailler comme secrétaire dans un lycée. Quand je la regarde, je ressens quelque chose d'étrange… j'ai comme l'impression qu'elle aurait été le témoin d'un meurtre commis par son fiancé dans une grande ville et qu'elle se cache à présent dans une ville de province… mais je me fais peut-être un film.

– Où est M. Gifford ? demandai-je.

– Vous venez de le rater. Il vient de partir chez son urologue.

On a écarquillé les yeux au même moment.

– Je veux dire son *dentiste*, reprit-elle en rougissant.

– Quand doit-il être de retour ? dis-je d'un ton désespéré.

– Demain.

– C'est une urgence. Mon avenir en dépend !

Elle me regarda d'un air apeuré.

– Vous pouvez essayer de le rattraper. Il est peut-être encore sur le parking…

Avant qu'elle n'ait pu terminer sa phrase, j'avais déjà passé la porte.

J'ai couru jusqu'au parking des profs. Au début, je ne le voyais pas, et j'avais une boule à l'estomac. Puis, tout d'un coup, droit devant, je perçus un mouvement. Je l'avais confondu avec un arbre.

– Monsieur le proviseur ! hurlai-je.

Il s'immobilisa et regarda par-dessus son épaule. Après m'avoir reconnu, il repartit vers sa voiture en pressant le pas.

– Monsieur le proviseur ! Il faut que je vous parle ! criai-je en courant derrière lui. Je sais que vous m'avez vu !

– Je suis fatigué. Que se passe-t-il, monsieur Phillips ? demanda-t-il en soupirant longuement. Je vous ai déjà dit que je ne pouvais pas obliger les professeurs d'anglais à distribuer le *Chronicle* ou toute autre publication engagée.

– Je n'ai absolument aucune demande ou question concernant le *Chronicle*, dis-je une fois que je l'eus rattrapé. Je veux lancer un magazine littéraire au lycée.

Il se mit à rire discrètement.

– Qu'est-ce qui vous fait rire ?

– Voyons voir… Vous pouvez lancer votre magazine littéraire. Vous pouvez lancer un magazine de chasse, d'ailleurs, peu m'importe. Mais ne me demandez pas d'argent pour ça. Le lycée n'a pas un sou.

Je n'y avais même pas encore songé. D'habitude, je fais une descente dans la salle des profs pour piquer des ramettes de papier supplémentaires pour imprimer le *Chronicle,* mais un nouveau magazine m'obligerait à récupérer beaucoup plus de papier que ça, surtout si je veux impressionner Northwestern. Si ça se trouve, il faudra même que j'aille dans un magasin spécialisé dans la reprographie.

Il me faudra aussi une espèce de campagne de pub, une sorte de communiqué de presse pour informer tout le lycée…

– Super, dis-je enfin. J'aimerais aussi l'annoncer lors de la réunion de demain.

Je pensais que c'était un bon début.

Il commença à secouer la tête.

– Ça ne prendra que trois secondes !

– D'accord, grogna M. Gifford. Ne fût-ce que pour me faire marrer.

– Super. Merci ! dis-je en faisant une courbette maladroite.

Je n'ai pas vraiment l'habitude de dire « merci ». J'avais tellement hâte de l'annoncer en cours de journalisme !

– Bonne nouvelle, les gars, fis-je en cours. En plus du *Chronicle* et de l'atelier d'écriture, je vais aussi lancer un *magazine littéraire* ! C'est génial, non ?

Le silence était assourdissant. Ils m'ont dévisagé comme si je leur avais dit que j'étais lépreux.

– Hou ! là ! là !, dit Dwayne. Tu cherches vraiment la mouise.

– Et moi qui me croyais maso, murmura Vicki.

– Les États-Unis sont le paradis, déclara Emilio.

– Merci, je suis super content, repris-je. Ça donnera aux autres élèves du lycée l'occasion de faire connaître leur travail littéraire. Alors si l'un d'entre vous a un texte non journalistique à soumettre, vous savez où me trouver.

– Puis-je soumettre des nouvelles sur des gamins sauvages qui vivent sur une île sans adultes ? demanda Malerie, pleine d'enthousiasme.

– Non, Malerie. Parce que c'est *Sa Majesté des mouches*.

Elle s'affala sur son siège, et ma bonne humeur avec elle. C'est à ce moment-là que je me suis rendu compte que je me noyais dans le déni. Ça n'allait pas être simple.

En revenant à la maison, entre deux moments de doute, j'ai réfléchi à comment j'allais demander de l'argent à ma mère pour lancer le magazine (que trois cents balles, rien de grave). J'ai pensé cacher ses médocs et les lui revendre, mais notre maison est trop petite pour cacher quoi que ce soit. J'ai finalement décidé que lui dire les choses *franchement* était la seule solution.

Quand je suis rentré, j'ai halluciné.

Tout était *propre*. Les tables avaient été nettoyées, les tapis, dépoussiérés, et la pile d'assiettes sales avait disparu de l'évier.

J'étais encore plus surpris de voir que maman elle-même était propre aussi. Elle avait apparemment pris une douche et s'était habillée, pour une fois.

Bien sûr, elle était ivre et à moitié dans le coma sur le canapé, alors j'ai su que j'étais bien dans la bonne maison, mais elle avait fait un effort avant ça.

– Maman, qu'est-ce qui s'est passé ? Les services sociaux sont finalement venus, ou quoi ?

– Ton père est passé, dit-elle la voix triste. Nous sommes officiellement divorcés maintenant. Apparemment, il y a quelques années j'ai oublié de lui renvoyer les papiers du divorce. Il m'en a apporté de nouveaux.

– Quoi ? dis-je, avalant cette nouvelle avec difficulté.

– Quelle conne ! Moi qui croyais qu'il venait voir si on allait bien.

Je ne faisais plus attention à elle.

– C'est quoi, ton problème ? demanda-t-elle.

– Tout ce temps, je me plaignais d'être issu d'une famille éclatée, alors qu'en réalité je faisais simplement partie d'une famille à problèmes, dis-je dépité.

– Ne t'inquiète pas, reprit maman. Tu es toujours un salaud.

J'ai haussé les épaules. J'imagine qu'elle avait raison.

J'ai peine à croire qu'il a suffi d'une visite de mon père pour que ma mère réagisse comme un être humain normal. Elle est manifestement de mauvais poil. Je vais lui demander l'argent après le dîner.

10 octobre, après le dîner

J'ai peut-être assisté au dîner le plus bizarre de toute l'histoire de la maisonnée Phillips.

D'habitude, un dîner avec ma mère se déroule plus ou moins comme suit : je fais une plaisanterie sur la nourriture, maman me dit que je suis mal élevé et que je deviens comme mon père, je fais une blague sur son hygiène, maman me répond qu'elle fait de son mieux avec ce que la vie lui a donné, je lui demande si la vie lui a piqué son shampooing, et puis on fait la vaisselle.

C'est parfaitement banal, non ? Eh bien, ce soir, le dîner n'a pas du tout suivi le même protocole.

Tout a commencé quand maman m'a dit, sans crier gare :

– Tu dois prendre des antidépresseurs !

J'ai levé les yeux précautionneusement de mon épi de maïs. Même si j'étais le seul dans la pièce, je n'étais pas sûr qu'elle se soit adressée à moi.

– Pas question. Tu prends assez de médocs pour deux.

– Tu n'es pas déprimé ?

– Là, maintenant, avec cette conversation, si. Tout le monde peut être déprimé, c'est une émotion. Mais de nos jours, les gens préfèrent prendre des pilules plutôt que de faire face à leurs problèmes.

– Parfois les pilules sont la seule solution, dit maman en essayant de se justifier.

– Tu me déprimes, là. Est-ce que tu es en train de me dire que si je prends des pilules, tu vas disparaître ?

– Je n'ai pas mérité ça ! me lança-t-elle en me dévisageant.

– Tout comme la plupart des médicaments sur ordonnance ! On vit dans une société médicamentée. On commence par droguer les enfants qui sont hyperactifs, comme *tous les enfants*, et ça ne s'arrête qu'avec notre mort.

– Tu prenais des médicaments pour traiter ton hyperactivité quand tu étais enfant, et ça ne t'a pas desservi.

– Non, je ne prenais rien.

J'étais sûr qu'elle se trompait. Je n'ai aucun souvenir d'avoir pris un quelconque médicament quand j'étais petit. Pas même des vitamines.

– Je mettais les médicaments dans ta nourriture.

J'ai failli m'étrangler en entendant cette confession. Elle plaisantait, non ?

– Je croyais que j'étais juste très calme et mûr pour mon âge.

– Non, tu étais drogué, répondit maman nonchalamment. Pendant le divorce avec ton père, tu as commencé à poser tellement de questions qu'on a pensé qu'il était plus facile de te shooter que de te répondre.

J'ai de nouveau failli m'étrangler, même si je n'avais plus rien en bouche. Ça devait être vrai, maman ne fait plus de blagues depuis le départ de papa.

Toutes ces années à juger mes camarades parce qu'ils jouaient au ballon prisonnier dans la cour, parce qu'ils déterraient des vers pour les manger, parce qu'ils débordaient en coloriant, tout ça avait été provoqué par des médicaments, pas parce que j'étais plus intelligent qu'eux.

– Eh bien, ce n'est pas un dîner s'il n'y a pas un truc qui contribue à détruire les fondements de mon enfance, dis-je.

J'ai pensé qu'à ce stade je n'avais plus rien à perdre. Qu'est-ce qui peut ébranler un dîner davantage que d'apprendre que vous avez été drogué pendant toute votre enfance ?

Alors je lui ai demandé pour l'argent.

– J'ai besoin d'argent.

– Je te donne déjà de l'argent de poche, répliqua maman aussitôt.

– J'ai besoin de plus d'argent. Trois cents dollars environ…

J'ai continué avant de lui laisser le temps de répondre :

– Je veux lancer un magazine littéraire au lycée et j'ai besoin d'argent pour imprimer la première centaine d'exemplaires.

– Non.

Elle n'a même pas pris un instant pour y réfléchir.

– Oh, allez ! Je sais que t'es pleine aux as. Grand-père est mort et nous a tout légué.

– Erreur, reprit maman en faisant le bruit du buzzeur d'un jeu télévisé. Il m'a tout légué, et à toi il t'a légué sa voiture.

– Et l'argent pour mes études à la fac ?

– Exactement : pour la fac !

Elle n'allait pas changer d'avis.

À ce moment-là, j'avais vraiment envie de partir en courant et en hurlant : POURQUOI EST-CE QUE LE MONDE M'EN VEUT ? JE SOUHAITE JUSTE ALLER À LA FAC, JE N'ESSAIE PAS D'ALLER SUR LA LUNE, BORDEL !

Mais je suis resté assis.

Je dois avoir hérité mon obstination de maman. La seule façon de traiter avec des gens comme nous, c'est de la jouer donnant-donnant. Je devais négocier avec elle.

– D'accord, dis-je en sentant mon estomac se nouer à l'idée de ce que j'allais lui proposer. Si je prends des antidépresseurs, tu me donnes l'argent dont j'ai besoin pour lancer mon magazine littéraire ?

Elle me regarda et considéra l'offre en silence.

– C'est d'accord. Passe-moi le sel.

Connaissez-vous quelqu'un qui ait jamais conclu un marché avec sa mère pour prendre des médicaments en échange d'argent ? C'était ma première fois. Mais n'ayez crainte, si Nurse Betty croit que je vais avaler des pilules du bonheur, elle se trompe lourdement.

Je me suis levé de table peu après.

Vous pouvez me prendre pour un cinglé, mais j'ai perdu l'appétit après avoir découvert que la femme qui me préparait à manger avait coutume de mettre de la drogue dans ma nourriture.

Bon Dieu… Pourquoi est-ce que la vie doit ressembler à un roman de Robert Ludlum ?

Bon, voyons où j'en suis avec toute cette histoire de magazine littéraire. Autorisation du proviseur ? *Fait.* Financement du projet ? *Fait.* Participation des camarades ? *Bon sang, comment je vais faire ça ?*

11 octobre

La *réu*-gnon du lycée a eu lieu aujourd'hui. Ce n'est pas une coquille, je dis « réu-gnon » parce que tous ceux qui y vont s'en prennent plein la gueule. Même les balayeurs se comportent comme des singes, et pourtant la moitié d'entre eux est paralysée par l'arthrose.

Ça s'est passé, comme toujours, à l'auditorium. C'est vraiment dur pour moi de générer un sentiment d'appartenance au lycée dans une salle qui, je le sais, est utilisée pour les réunions des Alcooliques anonymes les lundis soir et accueille des cours de yoga pour vieux le week-end.

Le conseil étudiant est assis sur l'estrade, comme des seigneurs observant leurs vassaux. Ce n'est pas difficile de me reconnaître quand je suis là-haut. Il suffit de chercher le type qui fixe le plafond avec des yeux exorbités et qui reste tout à fait immobile. C'est moi.

Colin Walker, l'entraîneur, était le premier à prendre la parole devant la foule de gamins pubères et sautillants.

– Quand je regarde cette salle, je me souviens de l'époque où j'étais le capitaine de l'équipe de foot de Clover High, dit-il. C'était la première fois que Clover High avait été l'équipe invaincue de tout le comté !

La salle était en délire. J'étais trop occupé à regarder fixement un panneau du plafond qui avait une tache bizarre. Était-ce une fuite du climatiseur ou de la pisse de rat ?

– Et maintenant, en tant qu'entraîneur, je suis fier de vous dire que j'ai défendu ce titre pour Clover ! continua Colin qui fut alors ovationné.

Une gamine était en pleurs et cria :

– Je t'aiiime, monsieur Walker !

Mais on s'en tape le cul par terre ! Il n'y a que trois lycées dans le comté, et l'un d'entre eux est réservé à de jeunes fugitifs !

– Demain soir, lors du match de rentrée, on va montrer à Lincoln High de quoi Clover est capable ! continua Colin en levant le poing.

Je ne savais pas qu'on faisait partie des Black Panthers.

– On va montrer à Lincoln High que nous sommes John Wilkes Booth[1] !

Les cris qui suivirent étaient assourdissants. Je suis surpris que ça n'ait pas provoqué l'effondrement des panneaux au plafond souillés de pisse de rat. L'entraîneur descendit de l'estrade et remonta l'allée en courant, faisant « tope là ! » à tout le monde, puis il quitta l'auditorium.

Je ne veux offenser personne en disant ça, mais en regardant Colin parler à tous les élèves du lycée, je ne pouvais m'empêcher de repenser à ces vieilles vidéos sur la chaîne Histoire avec Hitler qui encourageait les nazis.

Dans les deux cas, ce sont des gens qui vous lavent la cervelle et qui ont été placés là pour ça, pour encourager la destruction du voisin. Je les hais, tous les deux.

En parlant de choses que je hais, Remy était la suivante à parler. Ils avaient mis trois Bottins

1. John Wilkes Booth assassina le président Abraham Lincoln en 1865 *(N.d.T.)*.

téléphoniques pour qu'elle puisse arriver jusqu'au micro.

– Salut à tous, dit Remy d'une petite voix.

Le lycée l'applaudit plutôt chaudement. Peut-être que mon annonce n'allait pas être si mal accueillie que ça.

– Voilà : j'ai une bonne et une mauvaise nouvelle. Il y a eu un petit problème de communication avec l'album de promo de cette année.

Je me suis redressé sur mon siège. Vous savez que c'est le genre de truc que j'adore.

– Il va s'appeler l'*Album de promo de Glover High*, à cause de l'écriture illisible d'une élève de seconde. Je tairai son nom, mais il rime avec Dally Desterfield. Vous pouvez lui dire merci.

Elle fixa Sally Chesterfield au premier rang, le regard noir, et celle-ci frissonna.

La dernière fois que j'avais vu Sally, elle devait peser au moins cent kilos, mais la gamine pétrifiée que j'observais maintenant ne devait pas peser plus de cinquante kilos. La semaine avait dû être plutôt rude.

– Mais la bonne nouvelle, c'est que j'ai pu faire baisser le prix de dix dollars ! annonça Remy avec entrain. Du coup, ils coûteront soixante dollars pièce, pas soixante-dix. Toutes les pré-commandes sont non remboursables.

Elle avait terminé, c'était mon tour. J'avais une occasion de donner l'envie aux élèves de mon lycée d'envoyer des propositions à mon magazine littéraire. Une chance d'assurer mon avenir…

– Bonjours, futurs ploucs et repris de justice ! dis-je dans le micro. Je m'appelle Carson Phillips, je suis du *Clover High Chronicle*, et j'ai une super nouvelle ! C'est la première fois dans l'histoire de Clover High qu'on va avoir un *magazine littéraire* !

J'ai applaudi après l'annonce. J'étais le seul.

– Alors je sais que la plupart d'entre vous ne savent pas lire, et encore moins écrire, continuai-je, mais tous les écrivains en herbe peuvent soumettre tout texte de leur plume dans la boîte devant la salle de journalisme, pour être publié. Des poèmes, des essais, des nouvelles… des listes de gens à buter, ce que vous voulez !

J'avais l'impression d'être comme George W. Bush faisant campagne dans une salle municipale socialiste à San Francisco. C'était très gênant… vraiment très embarrassant.

– Merci, ajoutai-je devant la foule toujours aussi glaciale. Et bonne journée.

Bon… j'ai appris quelques trucs après la réunion d'aujourd'hui. Un : il faut connaître son public. Deux : si tu commences par une blague, celle-ci ne doit pas être destinée à insulter ton audience. Trois : *NE PARLE PAS DANS UNE RÉUNION DE LYCÉE. MAIS QU'EST-CE QUE J'AVAIS DERRIÈRE LA TÊTE ?*

J'étais complètement déprimé jusqu'à la fin des cours, quand je suis allé récupérer la boîte devant la salle de journalisme. La boîte était pleine ! J'avais peut-être motivé des gens lors de la réunion, après tout ?

J'ai apporté la boîte dans la salle. Malerie était là pour préparer notre char de défilé à la fête de rentrée, un truc qui sera génial. J'ai hâte de le terminer !

– J'ai trop envie que ce soit la fête de rentrée ! dit Malerie. Notre char va être *top* !

– Ouais, les gens vont l'adorer ! dis-je en ouvrant la boîte.

Une odeur pestilentielle emplit aussitôt la pièce. Une nuée de mouches sortit de la boîte et se mit à tournoyer dans la salle. On avait utilisé celle-ci comme poubelle pour toutes sortes de déchets dangereux.

Des mouchoirs, des papiers d'emballage, des chewing-gums mâchés, des hamburgers entamés, et les restes de ce qui ressemblait à un avortement de derrière les fagots. Mais pas une trace de proposition à caractère littéraire.

– Oh non, dit Malerie. Regarde : *Mégachiure* littéraire.

Elle montrait du doigt un côté de la boîte où un connard avait fait preuve d'humour avec un marqueur.

– Typique, dis-je en m'asseyant à côté d'elle. Je ne peux même pas gérer le journal du lycée. Je ne sais pas pourquoi j'ai cru que je pouvais lancer un magazine littéraire.

J'étais meurtri, dépité. Le panneau en néon éclatant qui disait NORTHWESTERN dans ma tête s'éteignit. J'ai senti qu'il était loin et que je n'y pouvais rien. Il allait falloir que j'attende patiemment pour recevoir une lettre d'acceptation comme tout le monde. C'était le pire des sentiments que de se sentir *comme tout le monde.*

– Ne sois pas trop déçu, tenta Malerie. Si tu as réussi à convaincre Nicholas Forbes et Scott Thomas de rejoindre le *Chronicle,* tu peux tout faire.

– Je les fais chanter, confessai-je. Je les ai surpris en train de jouer au docteur dans les toilettes des garçons. Ne me demande pas les détails.

Je leur ai promis de ne rien dire, mais c'est Malerie. Je sais que leur secret ne craint rien avec une fille qui croit encore au Père Noël.

– Ah, dit Malerie.

Il lui fallut un moment pour comprendre ce que j'avais voulu dire en parlant de docteur.

– Il faut croire qu'il y en a beaucoup ici. J'ai vu l'entraîneur, M. Walker, et Claire Mathews en train de le faire dans les vestiaires des garçons.

Je me suis redressé comme un suricate en alerte.

– J'y vais de temps en temps pour réfléchir, expliqua Malerie en rougissant.

– Quoi ? Je croyais qu'elle sortait avec *Justin* Walker.

– Ça doit être un peu gênant.

J'ai aussitôt imaginé un repas dans la maison Walker. Claire assise entre Colin et Justin. Les deux posent une main sur sa cuisse et remontent lentement jusqu'à ce qu'ils *se rencontrent au milieu.* (Je n'ai toujours pas réussi à me défaire de cette image, c'est comme avec les pires chansons de Ke$ha !)

Comme si ça ne suffisait pas, Malerie m'a montré la vidéo de ce qu'elle avait vu. Quand je disais que Malerie filme tout, j'étais sérieux.

Ce qui aurait pu être le film le plus sexy du monde, avec la pom-pom girl parfaite qui retrouve l'entraîneur de foot dans les vestiaires après les cours, se révéla une des choses les plus déprimantes que j'aie jamais vues : Colin était sur Claire, et pendant qu'il la fourrait comme un chien dégarni, elle inspectait ses ongles derrière son dos.

C'était assez pour pleurer des larmes de sang, et ça confirmait tout ce que je pensais du sexe au lycée.

– Dommage qu'ils ne soient pas écrivains, commenta Malerie. S'ils étaient dans le magazine littéraire, tout le monde voudrait y être. On vendrait tous les exemplaires, c'est sûr.

Je la fixai attentivement. Était-elle en train de suggérer ce que je pensais ?

– Tu ne peux pas t'empêcher d'y songer, continua Malerie. Tout le monde a quelque chose à cacher, même Claire Mathews.

Si ! Elle y pensait !

– Ouais, t'as raison, dis-je.

Si je n'avais pas été si déprimé par la réunion, j'aurais pu réfléchir davantage, mais l'envie de me crever les yeux après avoir vu cette vidéo occupait tout mon espace mental.

On a fini de peindre toutes les pièces pour notre char de défilé. Je pense que ça va être chouette une fois qu'on assemblera tous les morceaux. Si tout va bien, ô Dieu miséricordieux, quelqu'un le verra demain soir et aura envie de rejoindre l'atelier d'écriture. Et peut-être, ô peut-être, aura-t-il envie de soumettre lui aussi quelque chose au magazine littéraire ?

13 octobre

Il est 3 heures du matin et je n'arrive pas à dormir.

Je n'ai jamais été aussi furieux de ma vie. J'arrive à peine à bouger, je reste allongé sur mon lit à réfléchir… à revivre… et à imaginer des complots.

Après les événements de la fête de rentrée, je ne suis même pas sûr d'être humain. Je suis juste une créature emplie de rage et humiliée. J'étais si mortifié que j'ai cru que mes pouvoirs télékinésiques allaient exploser et tuer tout le monde. Cette idée m'aurait fait sourire de plaisir, mais je ne sais plus sourire.

Malheureusement pour moi, et heureusement pour tous ces salauds, mes pouvoirs télékinésiques ne se sont pas développés. Le gymnase de la mort de Sissy Spacek dans *Carrie*, et le carrousel de feu de Jean Grey dans *X-Men 3* auraient été des trucs d'amateur comparés à ce que j'aurais fait.

Tout semblait si normal. Au lycée, tout allait bien. Les tranchées ne puaient pas trop. J'ai même compris un cours de maths avancées. J'étais de *bonne humeur* ! J'aurais dû me douter que la journée allait finir en désastre.

J'ai retrouvé Malerie sur le terrain de foot après les cours pour préparer notre char. Morceau par morceau, nous avons assemblé notre chef-d'œuvre. On avait fait un énorme cahier qui pouvait s'ouvrir et se refermer et sur lequel on avait marqué ATELIER D'ÉCRITURE, et à l'intérieur, NO FUTURE SANS ÉCRITURE !

On avait même des costumes pour ajouter une petite touche spectaculaire. J'étais habillé en crayon géant... à mine dure, et Malerie était un calepin à taille humaine.

– Ce costume ne me dit plus trop rien, avoua Malerie. Ces rayures en largeur ne sont pas très flatteuses pour ma ligne.

– Tu es très bien comme ça, Malerie.

Je n'avais pas passé deux heures à fabriquer un véritable calepin pour qu'elle commence à avoir la pétoche maintenant (deux bouts de carton et un Ondamania, si vous cherchez une idée pour Halloween).

On a pris du recul pour admirer notre char après avoir ajouté les derniers détails. Évidemment, nous n'avions pas les moyens pour un Colisée sur roues comme le groupe des pom-pom girls, ni pour louer une Corvette comme les nazes de l'album de promo, mais nous étions malgré tout fiers de nous.

J'avais essayé de vendre des spots publicitaires aux entreprises du coin, mais personne n'était intéressé.

Claire Mathews s'approcha de nous avec sa robe rose et ses talons aiguilles. Elle était nominée pour devenir la reine du bal de rentrée et tout le monde pensait qu'elle gagnerait. Après tout, c'était elle qui allait compter les voix.

– Tu as une sale gueule, dis-je.

Mais elle n'a pas été vraiment touchée par l'insulte d'une fourniture de bureau à taille humaine.

– Pourquoi je ne pouvais pas m'habiller comme ça ? demanda Malerie.

– Je ne sais pas en quoi vous vous êtes déguisés, mais j'ai une mauvaise nouvelle, dit Claire. Le camion qui tire le char de défilé des pom-pom girls, eh bien… son moteur a lâché, alors on prend le vôtre.

Elle fit un sourire, hocha la tête et tenta de s'en aller.

– Tu plaisantes ? m'exclamai-je, en sentant littéralement la fumée sortir de mes oreilles.

– Je suis désolée, dit Claire, mais la fête de rentrée n'est pas une fête sans le défilé des pom-pom girls.

– Va prendre le camion qui tire l'équipe de foot ! Ils sont fiers de courir partout comme des ânes, de toute façon !

– Je regrette, mais ma décision est prise, insista Claire avec un sourire tellement faux que mon œil gauche se mit à tiquer.

Elle repartit en se déhanchant comme dans un défilé de mode.

Mon corps bouillait. J'avais l'impression qu'on me cuisinait de l'intérieur et que ma colère était aux fourneaux. Elle ne pouvait pas me faire ça, c'était ma dernière chance de lancer ce magazine littéraire. J'ai commencé à faire les cent pas, cherchant une solution.

– C'est dommage, dit Malerie. Au moins on se sera amusés en fabriquant tout ça.

– Non, dis-je en m'arrêtant net. Ils vont voir notre char, même si je dois en crever.

Je suis parti en direction des autres chars. J'ai trouvé une corde que les pom-pom girls avaient mise de côté. Tout d'un coup, une ampoule s'illumina au-dessus de ma tête comme le panneau affichant s'il y a des chambres libres dans un motel de troisième catégorie. J'avais eu une idée !

Je parie que vous vous dites que j'ai commencé à massacrer tout le monde par étranglement. J'y avais songé, mais non. J'ai suivi ma seconde idée. J'ai attaché la corde au char.

Ça peut marcher… peut-être que ça va marcher, pensai-je. Mon corps carburait alors à l'adrénaline pure. Je me sentais comme Hulk. (Le Hulk joué par Mark Ruffalo, pas les autres.)

La nuit tomba… le match commença… les feux d'artifice s'élevèrent dans les cieux (ce qui voulait sans doute dire qu'on avait gagné ou qu'une guerre venait d'éclater ou quelque chose dans le genre)… l'orchestre se mit à chauffer la foule avec des airs ringards des années 1970… et puis la fête de rentrée débuta.

Il y a des moments dans la vie où on se dit : *Mon Dieu, est-ce que c'est vraiment en train de m'arriver ? Suis-je vraiment en train de faire ça ? Est-ce ainsi qu'on se souviendra de moi jusqu'à la fin de mes jours ?* Eh bien, c'était un de ces moments, et malheureusement pour moi, c'était bien réel. Je l'ai vraiment fait, et c'est probablement ainsi qu'on se souviendra de moi jusqu'à ma mort.

Imaginez-moi, déguisé comme une saloperie de crayon à papier, en train de tirer, tout seul, le char dédié à l'atelier d'écriture à travers le terrain de foot. Et imaginez Malerie, déguisée en calepin, en train d'ouvrir et de refermer le cahier géant sur le char tout en saluant la foule. Imaginez la foule, en délire devant le passage des pom-pom girls, devenir aussi silencieuse qu'une tombe en nous apercevant.

Tout était tellement mort qu'on n'entendait plus que mes grognements et mes jurons pendant que je me tuais à tirer le char.

– Ouais ! L'atelier d'écriture ! Woo-hoo ! disait Malerie en saluant la foule avec enthousiasme.

Il y eut d'abord une vague de ricanements, ensuite tout enfla jusqu'au stade des gloussements, puis il y eut une explosion de rires. Tout le monde, les parents, les élèves, les profs, tous nous montraient du doigt et étaient pliés de rire.

– ALLEZ VOUS FAIRE FOUTRE ! hurlai-je en retour.

J'ai traîné le char jusqu'au bout du terrain. Je suais abondamment, mon visage était aussi rouge que la planète Mars, mes mains étaient ensanglantées à cause de la corde, et mon corps était devenu tellement raide que j'avais peine à marcher.

J'ai arraché mon déguisement de crayon, je suis monté dans ma voiture et je suis sorti en trombe du parking des élèves. *Je n'ai même pas mis mon clignotant.*

J'ai dû conduire à cent soixante à l'heure jusqu'à chez moi. Ça peut vous sembler beaucoup, mais le compteur est mort. En fait, je devais rouler à quatre-vingts.

Je suis rentré, je me suis réfugié dans ma chambre et je me suis écroulé sur mon lit. Les sarcasmes de mes camarades, les commentaires décourageants de tous les autres et mes propres doutes repassaient sans cesse dans ma tête.

« Je suis désolée, mais la fête de rentrée n'est pas une fête sans le défilé des pom-pom girls. »

« De toute façon, personne ne lit le *Chronicle* ! »

« Le cours d'arts plastiques s'en sert pour faire du papier mâché. »

J'ai repensé au conseil étudiant... j'ai repensé au *Chronicle*... j'ai repensé à Mme Sharpton et à maman... j'ai repensé à grand-mère et Malerie...

« Tu es jeune et naïf. Tous ces rêves semblent encore être à ta portée. »

« *I* est un nombre imaginaire. »

Il n'y avait pas moyen de lancer un magazine littéraire maintenant. J'avais fait tout mon possible. Sauf une chose... Il y avait une chose que je n'avais pas encore essayée...

« Si tu as réussi à convaincre Nicholas Forbes et Scott Thomas de rejoindre le *Chronicle*, tu peux tout faire. »

« Nixon est tellement tordu qu'il doit visser ses chaussures le matin ! »

« Tout le monde a quelque chose à cacher. »

Avant même de pouvoir réfléchir à tout ça jusqu'au bout, j'ai pris mon téléphone et j'ai appelé Malerie.

– Malerie, c'est Carson. L'opération Clovergate est lancée.

J'avais pris ma décision. J'en ai assez d'être patient. Ça suffit d'être gentil. J'en ai marre de me laisser marcher sur la tête par ces gens-là.

D'ici à lundi matin, j'aurai mes soumissions littéraires, même s'il faut faire chanter tout le lycée.

15 octobre

CLOVERGATE, PREMIER JOUR

Je suis sorti du cours de chimie avant l'heure pour lancer l'opération avec Malerie. J'ai traversé le lycée et je l'ai retrouvée en cours d'arts plastiques. Ils sculptaient et Malerie était en train de faire un buste de Bugs Bunny ou quelque chose comme ça.

– Malerie, on y va ! lui lançai-je depuis la porte. C'est l'heure du Clovergate !

– Mais je sculpte, répondit Malerie en cherchant le prof du regard.

Le prof était responsable du cours de maçonnerie avant. Il porte un cache sur l'œil et il lui manque quatre doigts. Que Malerie quitte le cours était le cadet de ses soucis.

– Malerie, ce n'est pas le moment de faire de la sculpture !

Elle ressemblait à un chiot perdu au milieu de la route. Elle rassembla ses affaires avec ses coudes, vu que ses mains étaient pleines d'argile.

– Eh, c'est le mec qui était déguisé en crayon le jour de la fête ! s'exclama un connard dans la classe.

Je lui ai offert un bras d'honneur et nous sommes partis.

Dans la salle de journalisme, Malerie et moi avions commencé un grand tableau CLOVERGATE. On a mis les photos de classe de mes premières victimes : Claire Mathews, Colin Walker, Remy Baker, Nicholas Forbes, Scott Thomas.

J'avais mis la barre haut.

– Capturez la reine, et la colonie suivra, dis-je.

– Ouais. À moins que les fourmis ne se rebellent et exécutent la reine en premier, comme dans ma fourmilière.

Nous ajoutâmes Vicki Jordan et Dwayne Michaels au tableau. Comme je le disais, je suis un extorqueur qui ne fait aucune discrimination. Je ne ciblais que les gamins les plus en vue. Et puis, j'ai pensé que le magazine gagnerait en diversité.

– Comment allons-nous les faire tous chanter ? demanda Malerie.

– J'ai des ragots sur la plupart. Mais je ne sais pas pour d'autres. En même temps, Christophe Colomb ignorait qu'il allait découvrir l'Amérique. Et tu sais ce qu'il a fait quand il l'a découverte ?

– Quoi ?

– Il a asservi tous les Indiens autour de lui.

– Ah, dit Malerie en regardant à nouveau le tableau. Attention à vous, mes petits Indiens.

– Certains d'entre eux seront plus faciles que d'autres, dis-je en choisissant notre première cible. Rappelle-toi, Malerie, si jamais quelque chose m'arrive, tu es responsable du *Chronicle* et de l'atelier d'écriture.

Elle écarquilla les yeux et resta bouche bée. J'ai dû lui expliquer que je plaisantais à moitié et que ma vie n'était pas vraiment en danger.

– On commence par qui ? demanda-t-elle.

Je me suis rapproché du tableau et j'ai examiné la photo de Remy avec son sourire de tocarde.

– Frodon, dis-je. On a cours d'anglais ensemble dans une heure.

Il y a quelques semaines, j'ai trouvé par hasard un nom de plume bizarre sur le site de Clover High : Nana69-Albumpromo. Je n'y ai pas fait attention sur le coup, sans doute une salope de seconde qui répondait aux ordres de Remy. En tout cas, quiconque était derrière ce nom laissait des commentaires acerbes et coincés du cul sur chaque page ou presque.

« Pourquoi est-ce que les dames de la cantine doivent venir au bal de rentrée ? Elles ne peuvent pas rester dans leur cuisine ? » disait un des nombreux billets infects. « Je déteste les dames de la cantine plus que la guerre ! »

Est-ce que Remy pouvait se la jouer Voltaire ? Pendant le week-end, j'ai pensé à des moyens de la faire chanter et j'ai envoyé un message à Nana69-Albumpromo en privé pour tester ma théorie, utilisant le nom de plume BadBoy2012.

« Eh, poupée, dis-je dans mon message. J'adore tes remarques sur le site de CH. Suis d'accord avec toi. »

Quelques minutes plus tard, elle répondit. « Super, merci ! Trop contente k qq1 remarq LOL. »

J'ai attendu deux minutes avant de répondre, histoire de me la jouer cool, pour voir si elle allait en dire plus.

« T'es qui LOL ? » demanda Nana69-Albumpromo.

« Je préfère rester anonyme. Style Batman. Mais avec abdos de la mort. »

« Trop hot ! Moi aussi ! J'M le mystère LOL » répondit-elle.

Je ne sais pas ce qui était si drôle. Elle riait vraiment chaque fois à gorge déployée.

« Foto 2 tes abdos ? » demanda-t-elle.

J'ai copié-collé une photo du torse de Taylor Lautner que j'ai prise sur Internet (j'espère que personne ne retrouvera cette recherche dans mon historique Google images).

« *%&ERTY*# !!!! » fut la réaction. « Pour de vrai ? »

« De vrai » écrivis-je, et nous en restâmes là.

Aujourd'hui, pendant le cours d'anglais, alors que tout le monde dans la classe avait son ordinateur portable, j'ai décidé de voir si je ne m'étais pas trompé sur Remy. J'étais assis quelques rangs derrière elle et j'apercevais parfaitement son écran.

BadBoy2012 envoya un mot à Nana69-Albumpromo. Une fenêtre apparut sur l'écran de Remy. *Gagné !*

« Qu'est-ce que tu portes ? » demanda BadBoy2012. J'ai vu le cou de Remy rougir.

« Presq rien » répondit Remy sous couvert de Nana69-Albumpromo.

« Foto ? » demanda BadBoy2012.

Remy regarda autour d'elle pour voir si quelqu'un l'observait. Je me suis retranché derrière mon écran quand elle s'est tournée vers moi. Puis je l'ai vue chercher une photo dans ses fichiers et l'ajouter à la conversation virtuelle.

Une photo de Remy à moitié nue avec un « visage sexy » apparut sur mon écran. Il n'en aurait pas fallu davantage pour convertir le pape en athée. J'ai fermé mon ordinateur et suis sorti en courant de la salle pour vomir dans la poubelle la plus proche. J'exagère. En fait, je n'ai pas vomi, mais j'ai failli.

– Monsieur Phillips, est-ce que ça va ? m'a demandé la prof d'anglais quand je suis revenu dans la salle.

– Je crains que ma vie ne soit plus jamais la même, dis-je en retournant à ma place.

Remy a levé les yeux au ciel quand je suis passé devant elle. *Elle n'avait aucune idée de ce qu'elle venait de faire !*

Après les cours, j'ai trouvé Remy assise toute seule sur un banc. Je me suis assis à côté d'elle. Je ne pouvais plus la regarder en face. Je me demande si j'y arriverai encore un jour.

– Qu'est-ce que tu veux, Carson ? dit-elle brutalement.

Je lui ai glissé en douce une grande enveloppe. À l'intérieur, elle trouva une copie des conversations entre BadBoy2012 et Nana69-Albumpromo.

Elle resta silencieuse pendant au moins une minute et demie. Du coin de l'œil, je voyais les feuilles qui commençaient à trembler dans ses mains tendues et raides. Elle me regarda comme si je lui avais dit que son père avait subi avec succès une opération pour changer de sexe pendant qu'elle était en cours.

– BadBoy2012, c'est toi ? gémit-elle.

– Je ne peux même plus te regarder, dis-je. Même si ça n'a jamais été facile.

Je lui ai donné un tract jaune vif que j'ai pris de ma poche arrière. Je suis parti avant de lui laisser le temps de le lire. Le tract disait :

VOUS ÊTES CORDIALEMENT INVITÉS

À ASSISTER À UNE RÉUNION OBLIGATOIRE

DANS LA SALLE DE JOURNALISME

VENDREDI APRÈS LES COURS.

Je devais m'assurer de faire ça de façon subtile au cas où l'une de mes victimes essayerait de me dénoncer, mais à en croire la tête horrifiée de Remy, ça n'arriverait pas.

J'ai fait une halte aux toilettes des garçons, pensant faire d'une pierre deux coups. Sans surprise, j'ai vu Nicholas et Scott en sortir plus ou moins en même temps. Ils avaient dû tirer un petit coup.

– Hé, Siegfried, dis-je à Nicholas en lui tendant un tract jaune. Et voilà pour toi, Roy[1], lançai-je à Scott en lui en tendant un autre. Amusez-vous bien.

Je pense qu'ils sont plus ou moins matés jusqu'à ce que je déménage dans l'Illinois, alors je n'ai même pas pris la peine de leur expliquer les choses plus avant.

Je suis allé dans la salle de journalisme et j'ai mis un X sur les visages de Scott et Nicholas. J'ai fait plusieurs X sur la tête de Remy, mais seulement parce que j'avais encore du mal à la regarder en face.

Je suis rentré chez moi en arborant un énorme sourire. Trois battus, reste quatre ! Le premier jour du Clovergate avait été un succès !

---

1. Siegfried et Roy : duo de magiciens illusionnistes germano-américain.

16 octobre

CLOVERGATE, DEUXIÈME JOUR

Je me suis réveillé ce matin (ce qui est toujours une bonne chose) et j'ai décidé d'aller chercher les cibles les plus faciles de mon plan Clovergate. Le chantage de la veille avait réussi si brillamment que je voulais continuer sur ma lancée. Alors aujourd'hui, j'ai décidé de m'attaquer à Vicki et Dwayne.

C'était l'heure du repas et tous les animaux du lycée tournaient dans la cour. J'ai retrouvé Malerie derrière les poubelles de la cafétéria. Personne ne pouvait deviner ce qu'on manigançait.

– Tu as ce qu'il me faut ?

– Ouais, répondit Malerie. Et ça n'a pas été facile.

Elle sortit un petit sachet en plastique avec… *ce qu'il me fallait.*

– Bon boulot. Allons le voir.

Dwayne était assis à l'une des tables à l'ombre. Si la cour était un quartier, les tables à l'ombre seraient considérées comme « craignos ». C'est là où tous les fainéants vont à midi pour comparer leurs blessures de skate et leurs techniques de fabrication de bombes.

Malerie regardait autour d'elle, les yeux grands ouverts et inquiets.

– T'inquiète, Mal. Suis-moi. On la joue bon flic, méchant flic, tu te souviens ?

– Ouais, dit-elle les lèvres pincées. Allons-y.

Nous nous approchâmes de Dwayne et nous nous penchâmes de l'autre côté de la table. L'interrogatoire avait commencé.

Il leva les yeux de l'esquisse qu'il était en train de faire d'un écureuil armé de noisettes en forme de grenades. (J'ai trouvé ça marrant, mais ce n'était pas le moment de féliciter l'ennemi.)

J'ai posé le sachet sur la table.

– Qu'est-ce que c'est ? demanda Dwayne en tapotant avec son stylo.

Malerie éclata de rire, puis elle s'arrêta net en le dévisageant.

– Arrête tes conneries, tu *sais* ce que c'est !

Apparemment, Malerie était le méchant flic.

– Tu as oublié ça dans la salle de journalisme, dis-je.

Il nous regardait les yeux vides. Je ne sais pas s'il était perdu ou s'il était toujours comme ça.

– Vous en vouliez ? demanda-t-il, et un sourire béat apparut sur ses lèvres.

Malerie me regarda. On n'avait pas prévu ce type de réaction. J'ai hoché la tête en la regardant. *Continue comme prévu.*

– Si nous étions des élèves responsables, on irait voir l'administration du lycée, dit-elle en pointant un doigt vers le bâtiment.

Elle désignait le cagibi du concierge, en fait, mais Dwayne comprenait où nous voulions en venir.

– Attends, attends… dit Dwayne, le visage plus animé que je ne l'avais jamais vu. Écoute, je vais t'écrire cette critique de ciné que tu veux, d'accord ?

– Trop tard, dis-je d'un ton sinistre.

Puis j'ai plaqué le tract sur la table.

J'ai pris le sachet en plastique et je suis parti. J'ai pensé que les actions étaient plus parlantes que les mots. Malerie était restée et continuait de lui mettre son doigt dans la figure. J'ai dû rebrousser chemin pour la récupérer.

– C'était super, Malerie ! dis-je de retour dans la salle de journalisme.

– Je ne veux rien savoir ! aboya Malerie, ce qui me fit tressaillir.

Elle était encore superagressive.

– Désolée, j'ai du mal à sortir de mon personnage.

– Pas de problème, dis-je. Au fait, qu'est-ce qu'il y avait dans le sachet ?

– Des petits-beurre émiettés, des copeaux de crayon et de la boue.

– C'est à ça que ça ressemble, de la beuh ? demandai-je.

– J'ai cru que tu avais dit de la « boue », répondit Malerie.

Elle fixait le sol, comme si la réponse à sa confusion s'y trouvait.

– Peu importe, il l'a gobé, dis-je.

Malerie souriait de nouveau.

Je suis allé au tableau pour ajouter un énorme X sur la photo de Dwayne. La photo de Vicki était à côté.

– Qu'est-ce que tu as prévu pour Vicki ?

Je devais vraiment y réfléchir. Il serait difficile de faire chanter Vicki, elle avait si clairement des problèmes. Qu'est-ce qu'une fille qui collectionne les croix renversées et les pin's « Satan Fest 2011 » sur son sac à dos peut bien vouloir cacher à ses camarades du lycée ?

Puis ça m'est venu : Vicki ne cache peut-être rien à ses camarades, mais à ses *parents* ? À moins qu'il s'agisse d'Ozzy Osbourne et de Lily Munster, ils ne pouvaient guère approuver le comportement de leur fille.

– Tu connais le nom des parents de Vicki ? demandai-je à Malerie.

– Oui. Martha et Jebediah Jordan. J'étais au cours de catéchisme de sa mère les dimanches, jusqu'au jour où ma famille s'est convertie au fainéantisme. Après, je restais à la maison le dimanche.

J'ai failli faire un triple saut sur place.

– *Parfait* ! criai-je.

J'ai aussitôt tapé « Satan Fest 2011 » dans Google. Je n'avais jamais songé que le pin's avait un sens quelconque, comme les anneaux de pureté du club du célibat, mais je m'étais bien trompé...

et après avoir vu ce que j'ai trouvé, j'aurais préféré avoir raison.

Il s'agissait d'une réunion annuelle qui se tenait dans un hall d'exposition et qui attirait toutes les personnes vraiment cinglées des comtés environnants. Au vu des photos, on aurait dit que les participants buvaient les larmes d'enfants innocents.

Hélas, pour les photos, ça se présentait de mal en pis.

À un moment, j'ai vu un truc comme une chèvre sous une nappe pleine de bougies. Heureusement, Vicki semblait être la muse du photographe.

Malheureusement, j'ai vu plus de Vicki que je ne voulais voir.

J'ai appuyé plusieurs fois sur la touche ENTRÉE de mon clavier pour imprimer et sur EFFACER dans mon cerveau.

– Maintenant que j'y pense, je ne crois pas que le fainéantisme soit une vraie religion, se disait Malerie à elle-même. Je crois juste que mes parents n'aiment pas aller à l'église.

Elle hocha la tête très sérieusement et avec détermination.

– Je pense que tu as raison, dis-je en hochant la tête également.

J'ai récupéré les photos dans l'imprimante et je me suis dirigé vers ma prochaine cible.

Peut-on prendre un moment pour remercier Internet ? Sérieux, sans Internet et sans le besoin des ados de mettre en ligne des photos provocantes d'eux-mêmes, toute cette histoire n'aurait pas été possible !

J'ai retrouvé Vicki plus tard en cours de zoologie avancée.

Je n'en revenais pas qu'elle aussi assiste à ce cours. Ça m'a totalement déstabilisé. Était-elle en train de faire des recherches pour savoir quels autres animaux elle pouvait sacrifier ?

Je me suis assis en face d'elle. Elle me dévisagea comme un loup. Ça aussi ça m'a déstabilisé, parce qu'elle fait la même tête quand elle est contente ou en colère.

– Qu'est-ce que tu veux ?

– Je cherchais « cultes sataniques » sur Google, un de mes passe-temps, et j'ai trouvé ça.

J'ai parcouru les photos.

– Regarde ! C'est toi avec le fouet dans la bouche ? Et celle-là, où tu es à cheval sur ces mecs. *Cool !* Et celle-ci ? C'est une chèvre, ou Lucifer est apparu et je n'étais pas au courant ?

– Pourquoi tu me montres tout ça ?

Elle réussissait plutôt bien à faire croire qu'elle s'en fichait.

– J'essaie juste de te protéger, Vicki. Ça ne me plairait pas de voir ces photos envoyées par mégarde à ta maman par e-mail. Elle donne toujours des cours d'enseignement biblique le dimanche à l'église baptiste du coin ?

Vicki devint rouge. Elle rougissait tellement qu'on aurait presque cru qu'elle était vivante. Elle m'arracha les photos des mains. Je lui fis un sourire diabolique dont elle pouvait être jalouse et je lui tendis un tract jaune.

De retour dans la salle de journalisme, j'ai mis un X sur la tête de Vicki et j'ai même fait « tope là ! » avec Malerie. Le Deuxième Jour du Clovergate avait été encore mieux que le Premier ! J'en frissonnais, le genre de frissons que l'on sent soi-disant quand quelqu'un qui vient d'une vie antérieure marche sur votre tombe. Mais je savais que ces frissons me disaient que ma lettre d'acceptation de Northwestern allait bientôt me parvenir.

Quand j'y repense, je crois que je ne suis même pas allé en cours aujourd'hui. Pas grave, j'irai voir l'administration et je leur dirai que j'avais la chiasse. Ça marche à tous les coups.

Ai-je déjà parlé de ce truc ? C'est un coup de génie ! Il suffit de dire au prof ou au conseiller d'orientation que vous êtes en retard ou que vous étiez absent parce que vous aviez « la chiasse ». C'est précis, mais assez vague pour qu'ils ne vous posent pas plus de questions.

Ils ne vont pas vous coller parce que vous avez la diarrhée. C'est pratiquement infaillible. Qu'est-ce qu'ils peuvent faire ? Dire : « Je ne te crois pas, montre-moi » ?

Je n'encourage pas l'école buissonnière ou les retards, mais si jamais vous avez un problème (comme essayer en une semaine de faire chanter vos camarades pour améliorer vos chances d'être admis dans l'université de vos rêves), c'est un truc très utile. Un conseil : à utiliser avec modération.

Autrement, ils vous enverront voir le nutritionniste du lycée et vous devrez pisser dans un verre. N'en parlons plus.

17 octobre

CLOVERGATE, TROISIÈME JOUR

Claire Mathews et l'entraîneur Colin étaient les dernières victimes. J'avais gardé le plus délicat pour la fin. Je voulais me mettre en jambes dans l'art du chantage avant de me lancer dans un marathon. (J'ai vraiment dit ça ? Qui suis-je ?)

J'ai passé la moitié de la journée à faire les cent pas devant le tableau du Clovergate. Je savais ce que j'avais sur eux. Je savais comment l'utiliser contre eux. Je savais ce que je devais leur dire. Mais *comment* allais-je le leur dire ?

– Hé, Carson, me dit Malerie. Pourquoi est-ce que Justin Walker n'est pas sur le tableau ? Et pourquoi ne pas ajouter aussi cette pom-pom girl qui disait à tout le monde que c'étaient ses vrais seins mais qui s'est pris un coup de pied lors d'un entraînement et qui avait de la silicone fuitant sous sa chemise ? Ils me semblent être d'aussi bons candidats.

– Ne t'inquiète pas. Ils seront aussi dans le magazine. Si je réussis à mener Claire et Colin par le bout du nez, je devrais aussi pouvoir contrôler tous les autres sportifs et les pom-pom girls.

– Tu auras du pouvoir, dit Malerie. C'est marrant, parce que tu m'as toujours un peu fait penser à Margaret Thatcher.

– Euh, merci…

J'espère qu'elle dit ça parce que moi aussi je m'habille souvent en bleu.

J'ai pris mes deux derniers exemplaires du tract jaune et j'ai quitté la salle de journalisme. J'ai décidé de commencer par Colin. Il était le premier prof que j'allais essayer de faire chanter, du coup j'étais particulièrement nerveux.

Je me suis dirigé vers le terrain de base-ball. Colin venait de terminer un cours d'EPS.

(C'est hors sujet, mais j'aimerais vous demander de faire un truc pour moi. Mettez côte à côte une photo de lycéens qui tournent dans une cour pendant un cours d'EPS et une photo de prisonniers qui sont rassemblés dans la cour d'une prison. Regardez attentivement les deux photos. Vous voyez les différences ? Non ? C'EST PARCE QU'IL N'Y EN A PAS !)

J'ai respiré à fond et me suis concentré. C'est en m'imaginant en train de faire mes premiers pas sur le campus de Northwestern que j'ai pris mon courage à deux mains et que je me suis approché du jeune entraîneur.

– Hé, Colin !

– Les essais pour le foot sont terminés, petit, dit-il.

Il ne s'est même pas tourné vers moi. Connard.

– Non, merci, je préfère encore me taillader l'œil avec un cutter. Et puis ne m'appelle pas « petit ». Tu étais en terminale quand j'étais en seconde, tu te souviens ? Je te donnais des cours particuliers de bio.

– T'es le gamin qui s'occupe du journal, pas vrai ? T'es venu m'interviewer ?

– Non.

Il me semblait important de frapper vite et fort.

– Le *Clover High Chronicle* n'a pas de section dédiée aux sports, mais la section réservée au *détournement* est dispo.

Il laissa tomber les battes et les balles de base-ball qu'il avait dans les bras.

– Je ne sais pas de quoi tu parles.

En tout cas, sa façon de me regarder comme un serpent venimeux me donnait à croire qu'il pensait tout le contraire.

– Si, je crois que tu sais.

On aurait dit que sa tête était sur le point d'exploser. J'étais content qu'il ait laissé tomber les battes.

– Tu m'accuses de quelque chose, gamin ? dit-il en s'avançant vers moi et en haussant la voix.

J'ai levé la main, d'abord pour me protéger de ses postillons, mais le geste le fit taire comme si j'avais été un Jedi.

– On ne va pas jouer aux devinettes, si tu veux bien. Je suis sûr de te battre. Je vais aller droit au but. Je sais tout sur toi et Claire Mathews et j'ai une vidéo pour le prouver. Si je rends cette vidéo publique, tu vas perdre ton boulot, tes trophées, ta réputation et tu ne seras plus jamais admis dans ce monde du lycée auquel tu tiens tant, manifestement.

Quand j'y repense, j'aurais sans doute dû l'accoster dans un lieu moins désert. Colin aurait pu aisément me casser le cou puis m'enterrer sous le monticule du lanceur au milieu du terrain. Mais au lieu de me tuer, il demeura silencieux et semblait pensif. C'était un peu triste à voir.

– Qu'est-ce que tu veux ?

Je lui tendis le tract. Ce type allait-il se mettre à pleurer devant moi ?

– Je veux que tu sois *là,* à cette heure. Je te conseille aussi de ne plus coucher avec des élèves… je te le conseille *vivement.*

Je suis reparti aussi vite que possible, au cas où il s'aviserait de me dégommer, mais aussi parce que j'en avais terminé avec lui. Je suis retourné dans la salle de journalisme et j'ai mis une croix sur sa photo. Je n'avais plus qu'une victime ! *Une seule !*

C'est vraiment dur de trouver un moment où Claire est toute seule. Elle est la Hillary Clinton de Clover High. J'ai dû la suivre partout tout le restant de la journée. Elle se débrouille même pour qu'une de ses servantes pom-pom girl l'accompagne aux toilettes. Je l'ai toujours soupçonnée de ne pas être capable de se torcher seule.

Je n'ai pas perdu plus de temps. J'ai finalement décidé de lui écrire un petit mot au bas du tract jaune, quelque chose, j'en étais sûr, qu'elle ne laisserait pas voir aux autres filles.

J'ai écrit : « Ça fait quoi de sortir avec les Walker ? » J'espérais qu'elle remarquerait le pluriel.

Plus tard, en fin de journée, je l'ai retrouvée en train de s'entraîner à faire une pyramide avec les autres pom-pom girls dans la cour. Je suis allé la voir et je lui ai discrètement glissé le tract jaune. Bon, j'avoue, j'ai peut-être aussi chantonné : « Deux, quatre, six, huit… T'aimes bien t'envoyer en l'air ! » Je ne pouvais pas m'en empêcher.

– Gros con ! m'a-t-elle rétorqué.

Mais ses yeux s'écarquillèrent davantage après qu'elle eut lu le tract. Le pluriel avait fait son effet. *La reine des fourmis était à ma botte, maintenant !*

Je suis retourné en salle de journalisme. La musique de *Rocky* jouait dans ma tête. La partie la plus dure était passée ! J'y étais presque ! Tout ce qu'il me restait à faire, c'était de dire aux victimes du Clovergate ce que j'attendais d'elles lors de la réunion vendredi.

Je n'ai peut-être pas encore reçu une seule proposition pour le magazine littéraire, mais j'ai réussi à capter leur attention, et ça, c'est déjà une victoire !

18 octobre

CLOVERGATE, *DIA CUATRO*

Si j'ai cru que surprendre Nicholas et Scott était mon cadeau d'anniversaire, aujourd'hui c'est Noël. Alors je me souhaite *Feliz Navidad* ! Vous allez comprendre pourquoi l'espagnol dans un instant, n'ayez crainte…

J'aimerais commencer cette entrée dans mon journal en disant que je me suis posé des questions d'éthique depuis que je me suis lancé dans cette aventure de chantage. Même moi, Carson Phillips, un dur, pratiquement sans cœur, j'ai une conscience. Ça a commencé, bien sûr, avec Nicholas et Scott dans les toilettes, et depuis, ça me démange.

Est-ce que ces gens ont contribué à me rendre la vie infernale depuis quatre ans ? *Oui.* Est-ce que ces gens méritent d'être traités comme je le fais ? *À mon avis, oui.* Est-ce que je suis un type affreux parce que je fais ça ? *Peut-être.* Est-ce que c'est la chose la plus égoïste que j'aie jamais faite ? *Sûrement.* Est-ce que le sentiment de culpabilité que je commence à ressentir va éclipser ce que j'essaie d'accomplir dans l'intérêt général ? *J'espère que non.*

Suis-je un héros dans cette histoire, ou suis-je le méchant ? Quelle version choisira un jour mon premier biographe non autorisé ?

Je m'inquiète aussi sans cesse des conséquences. Que se passera-t-il si je suis démasqué et que mon chantage est inscrit sur mon livret scolaire ? Est-ce que Northwestern me prendra si je porte une étoile jaune ? Sinon, je vais vraiment rester coincé à Clover à jamais.

Ce genre de réflexion me met dans un état de déprime et je commence à regretter d'avoir jeté dans les W-C ces pilules que m'a données maman.

C'est vraiment un pari, et les enjeux sont tellement importants ! Mais personne n'est jamais arrivé nulle part sans rien faire, et j'essaie de me souvenir de ça tout le temps. Ce que je fais maintenant est peut-être égoïste et injuste, mais je le fais pour de bonnes raisons. Alors c'est justifié, hein ?

J'ai toujours pensé que j'irais directement en enfer, et après cette semaine, mon destin est vraisemblablement scellé. Je suis sûr que Vicki y sera aussi.

Peut-être que j'arriverai à la convaincre d'écrire des choses pour moi là-bas.

J'espère juste qu'il y a un truc comme le *Quotidien des enfers*. Je pourrais écrire des tribunes amusantes, du genre : « L'enfer, plus enragé ? » et peut-être faire des rapports hebdomadaires sur qui torture qui. Je devrais y trouver une foule de P-DG et de politiciens à interviewer. Il n'y aura aucun groupe religieux en enfer que je puisse offenser, alors j'imagine que je pourrai écrire ce que je veux. Peut-être que ce ne sera pas si mal ?

Attends… est-ce que je suis en train de décrire *l'enfer* sous un angle positif ? Oh purée… j'ai vraiment eu une semaine infernale.

En même temps, après tous ces doutes et ces inquiétudes et ces prémonitions de mort, vient une journée qui me fait penser que Dieu est de mon côté. Comme s'il était assis sur des nuages en train de me dire : « Tiens, mon petit, et continue ce que tu fais ! »

Et aujourd'hui, ce message est pratiquement venu avec un gros ruban rouge autour du cou. Je vais vous expliquer…

Comme j'avais beaucoup de succès avec mes tracts, je suis allé dans la salle des profs faire des copies d'une affiche que j'avais préparée pour promouvoir le magazine littéraire. Je me la pétais peut-être un peu, mais je me suis dit que j'allais être tellement occupé avec le magazine pendant les deux prochaines semaines que je n'allais pas avoir le temps de faire les affiches plus tard.

Ça fait deux ans que j'ai collé du Scotch sur la serrure de la salle des profs et que personne n'a remarqué. Je suis allé vers la photocopieuse et j'ai vu qu'on y avait mis un mot d'avertissement :

INTERDIT AUX ÉLÈVES.

Manifestement, ça m'était destiné. J'ai arraché le mot et j'ai fait cinq cents copies. Je n'allais pas louper un seul coin du lycée.

Pendant que j'attendais que les photocopies se terminent, j'ai entendu un gros bruit dans la pièce d'à côté, où se trouvent les fournitures.

– Vite, viens par ici ! dit une voix de femme.

– *¿ Dónde está la estación de tren ?* dit un homme.

Il y a une petite fenêtre qui permet de voir à l'intérieur de cette pièce (ce qui me fait penser que

Clover High était auparavant un hôpital psychiatrique). J'ai regardé à travers et j'ai vu Emilio en train de peloter Mlle Hastings ! La secrétaire de M. Gifford !

– Je peux être virée à cause de ça, et j'ai vraiment besoin de ma sécu ! dit-elle d'un ton aigu pendant qu'Emilio lui embrassait le cou.

– *Necesito tomar prestado un libro de la biblioteca*, répondit Emilio passionnément.

Elle l'écrasa contre des étagères de stylos et d'agrafeuses. C'était plutôt pas mal.

– C'est normal pour les hommes de ta culture d'être avec des femmes plus mûres, pas vrai ? demanda Mlle Hastings, soudain gênée.

– *Tenemos varias alpacas en la granja de mi padre*, répondit Emilio.

Mlle Hastings l'empoigna par le cou et l'embrassa avec force.

– Je ne comprends rien à ce que tu dis, mais tu m'excites tellement ! continua Mlle Hastings en lui collant la tête dans ses seins. T'es jeune et bronzé, et importé ! J'ai l'impression d'être dans le film *Mange, prie, aime !*

– *¡ Por favor, pásame un pedazo de pollo frito !* grogna Emilio.

Hein ? *Pollo ?* Qu'est-ce que le poulet a à voir avec tout ça ?

Mlle Hastings le gifla.

– Tu me dis des cochonneries ? J'adore les cochonneries !

Elle l'écrasa contre des rouleaux de papier de boucherie. Je commençais à avoir pitié d'Emilio, il était en train de se faire tabasser. Peut-être que ma théorie sur Mlle Hastings était fausse. Peut-être que c'était son fiancé qui essayait de l'éviter.

– T'es tellement espagnolisant, *j'adore* ça ! hurla Mlle Hastings.

Ils respiraient de plus en plus fort, ils se tiraient les cheveux, ils s'embrassaient à pleine bouche… c'était *Cinquante nuances de Gringo* !

– Mademoiselle Hastings ? appela quelqu'un de l'extérieur de la salle des profs.

– Je… Oui… ! répondit-elle avec une voix d'oiseau.

Emilio essaya de la suivre, mais elle le stoppa, puis disparut dans le couloir. Je voulais qu'Emilio se lave les mains pour que je puisse lui dire bonjour. Même moi j'avais besoin d'une cigarette après tout ça. Le téléphone d'Emilio sonna.

– *¿ Hola ?*

Il regarda autour de lui pour s'assurer qu'il était seul. Je me cachai derrière la photocopieuse.

– Eh, ça gaze, mec ? dit-il.

Attends un peu, pensai-je, *il vient de…*

– Rien, j'étais en train de peloter une secrétaire, continua-t-il *dans un anglais impeccable* ! Je suis au point de battre mon record, mec ! Ce matin, j'ai littéralement fourré mon organe dans toute cette organisation !

Il leva les yeux et m'aperçut de l'autre côté de la vitre. *El panico loco.*

– Je te rappelle, mec, dit Emilio.

Je lui fis comprendre : *Faut qu'on cause tous les deux.*

J'ai envoyé un texto à Malerie aussitôt. J'ai pensé qu'il valait mieux qu'on soit deux pour celui-ci.

« Je prépare un exam », me répondit Malerie par texto.

« Marre de tes excuses, Malerie ! » rétorquai-je.

Dix minutes plus tard, Malerie et moi étions dans la salle de journalisme, éblouissant Emilio avec une lampe. Malerie avait même braqué son Caméscope sur lui. C'était comme dans *New York, police judiciaire*, seulement c'était moins prévisible qu'à la télé.

– Alors, Emilio, ça fait combien de temps que tu es un *étudiant d'échange fornicateur*, dis-je en croyant faire preuve d'esprit. Et puis je ne me la jouerai pas Telemundo. Malerie est en cours d'espagnol avancé. Elle reconnaît un faux Espagnol au premier coup d'œil.

– *Sí*, dit Malerie en hochant la tête. Je suis aussi bilingue en celtique et en langue des elfes. Alors, parle ! Qu'est-ce que tu nous caches ?

Manifestement, Malerie était de nouveau habitée par son personnage.

– Est-ce que tu t'appelles vraiment Emilio ? ajouta-t-elle.

Emilio s'affala sur son siège et baissa la tête de honte.

– Mon vrai nom est Henry Capperwinkle, avoua-t-il.

J'ai fait de mon mieux pour ne pas éclater de rire, mais j'avais les yeux emplis de larmes et les épaules qui gigotaient. *Henry Capperwinkle ?* Sans déconner ! J'en ris rien que d'y repenser. C'est vraiment trop drôle !

– Je suis de San Diego, pas du Salvador.

– SeaWorld ! Je le savais ! Il sentait vaguement le dauphin, dit Malerie en le montrant du doigt. Quoi d'autre ? Dis-nous la vérité !

Je suis resté silencieux et la laissai faire.

– Les mots d'espagnol que je connais viennent du premier cours Assimil, que j'ai volé. Je répète sans cesse les mêmes dix phrases encore et toujours, et apparemment personne ne s'en rend compte. Les gens ici sont vraiment cons !

Il n'avait pas tort.

– Je vous en prie, ne le dites pas à ma famille d'accueil.

– Mais pourquoi tu fais ça ? demandai-je, plus curieux que rancunier.

Vous me connaissez, j'ai un certain respect pour les gens qui exploitent le système à leur avantage.

– Tu plaisantes ? Pour deux cents dollars par mois on te file à manger et une piaule, expliqua-t-il d'une voix de plus en plus distante. Et les *filles*. Les filles n'aiment rien tant qu'un mec qui parle un peu espagnol. Rien que le petit roulement des *rrrr* sur le bout de la langue les rend folles.

– Tout prend sens, ajouta Malerie. Toutes ces cartes de vœux électroniques tirées de *Doctor Who* que je t'ai envoyées en espagnol… tu ne comprenais rien !

– Ce manège dure depuis combien de temps ?

– Deux ans. C'était l'idée d'un de mes potes. Il va à Lincoln High. Ils croient qu'il est nigérian. Le mec est aussi blanc qu'un grain de riz, mais personne ne dit rien, de peur de passer pour un raciste.

Je le regardai fixement. J'étais carrément impressionné, mais je n'allais pas le montrer.

– Mec, tu peux pas m'en vouloir, dit-il.

– Si, je peux. Je peux t'en vouloir *mucho*.

Heureusement, j'avais encore un tract jaune que j'avais prévu d'ajouter à ma collection.

– Ça, c'est pour toi, *sí se pued*ophile.

Après les cours, Malerie et moi avons accroché la photo d'Emilio sur le tableau du Clovergate et ajouté un X dessus.

Le Quatrième Jour du Clovergate était un succès inattendu !

Yo soy un afortunado hijo de puta ! Ce qui, d'après une traduction Google, veut dire : « Je suis un chanceux fils de pute. »

19 octobre

CLOVERGATE, CINQUIÈME JOUR : LA RÉUNION

Aujourd'hui c'est le jour J, ça passe ou ça casse.

Je n'ai pas pu dormir de la nuit. Je n'arrêtais pas de me retourner dans mon lit en m'imaginant le désastre que cette réunion pouvait devenir si ça ne marchait pas comme je voulais.

N'importe qui peut avoir des infos compromettantes sur quelqu'un d'autre, mais comment allais-je convaincre ces gens que j'avais les moyens d'utiliser ça contre eux ? Et s'ils refusaient tout bonnement de coopérer ? Est-ce que j'allais vraiment dévoiler ce que j'avais sur eux ? Les autres lycéens allaient-ils me croire ? Je ne suis pas particulièrement populaire…

Je pouvais commencer par révéler mes infos sur une seule personne, pour voir ce que ça donnait. Les autres allaient-ils être plus enclins à collaborer s'ils voyaient la réputation d'un de leurs camarades ruinée ? Qui pouvais-je choisir comme cobaye ? Étais-je capable de foutre en l'air la vie de quelqu'un ? Et si je le faisais, est-ce que je ne devenais pas aussi minable qu'eux ?

Je savais ce qu'il fallait faire. Convaincre tout le monde que j'avais assez d'influence sur les autres élèves, et aussi les persuader que j'étais suffisamment sans pitié pour révéler leurs petits secrets. Pas facile, vu que je n'étais que le rédacteur en chef d'un journal raté de lycée.

Toute la journée en cours, j'ai eu des crampes atroces à l'estomac et à la poitrine. J'étais tellement nerveux que j'avais peur d'avoir la chiasse pour de vrai.

J'avais les yeux rivés à l'horloge. Finalement, la dernière sonnerie retentit et les cours furent terminés. C'était l'heure.

Je suis allé en salle de journalisme et j'ai mis un peu d'ordre en attendant. J'étais tout excité à l'idée d'avoir des invités dans ma classe. Il n'y avait jamais eu plus de sept personnes, jusqu'ici. J'ai même pensé aller acheter quelques gâteaux apéro, mais je me suis souvenu que ce n'était pas une fête.

J'ai demandé à Malerie de venir me soutenir. Elle semblait être encore plus nerveuse que moi. Elle trouva un tabouret et s'assit dans un coin de la salle, en regardant tout à travers le petit écran de son Caméscope.

Il commençait à se faire tard et le week-end approchait. Ça faisait presque une heure que les cours étaient terminés, et pas une seule victime du Clovergate n'était venue.

Est-ce que personne ne me prenait au sérieux ? Est-ce que je ne constituais pas même l'ombre d'une menace pour eux et leur réputation ? Est-ce qu'ils étaient tous ensemble quelque part en train de se moquer de mes tracts jaunes ?

Après quelques minutes encore à me faire du souci, je me suis rendu compte que j'avais attribué trop d'intelligence à mes camarades. Un par un, ils se sont faufilés dans la salle.

Vicki et Dwayne étaient les premiers à arriver.

– Bien, bien, bien. Il était temps, dis-je.

Je me la jouais circonspect et cool. Je ne sais pas d'où me venait ce calme.

– C'est bon, on était en colle, expliqua Vicki.

Collés ! Toutes les victimes avaient des activités extrascolaires, bien sûr, c'est pourquoi ils étaient comme ils étaient. J'avais oublié.

Puis Claire arriva. Elle aperçut Dwayne et Vicki et dit :

– Oh non...

La princesse n'était pas contente d'être en compagnie de paysans.

Nicholas et Scott sont apparus ensuite. *Sérieux, Nick et Scott ? Vous vous pointez en même temps à une réunion où on vous fait chanter parce que vous êtes ensemble ?* Cela dit, je me rendais compte qu'ils étaient *toujours* ensemble. Comment ça se fait que personne n'ait jamais fait le lien ? C'est le pire couple secret que je connaisse !

Remy était la suivante à se pointer et elle était mortifiée de voir le reste du conseil étudiant. Les membres du conseil se saluèrent cordialement d'un signe de tête, mais la situation était gênante, comme quand on retrouve des gens avec qui on va à l'église dans un bar topless.

L'entraîneur apparut ensuite. Claire et lui n'échangèrent même pas un regard. *Malins !* (Prenez note,

Nick et Scott ! C'est comme *ça* qu'il faut dissimuler honteusement son partenaire !) Colin fut le seul à remarquer le tableau du Clovergate. J'avais oublié de l'enlever.

Tout le monde était silencieux. Ils s'échangeaient des regards du genre : « Toi aussi ? » Je voyais bien qu'ils brûlaient de demander : « Pourquoi vous êtes là, vous ? »

Emilio… je veux dire, Henry… enfin, lui… fut le dernier à arriver. Tout le monde le regarda, puis se retourna vers moi. Même *lui* ?

J'ai fermé la porte à clé et je suis allé devant le tableau. J'avais l'impression que mon cœur jouait à la corde à sauter dans ma poitrine.

– Bonjour tout le monde, et bienvenue au cours de journalisme, commençai-je.

– Espèce de facho ! lança Remy.

– *¡ Inodoro !* ajouta Emilio.

– Ça suffit, les insultes, repris-je. Écoutez, je ne vais pas traîner en longueur. Vous êtes tous ici parce que j'ai des infos compromettantes sur vous.

Ils ont tous grogné et pouffé comme une meute de coyotes repus.

– Je *sais* pourquoi je suis là, et je pense qu'on sait tous pourquoi *Dwayne* est là, dit Vicki. Mais qu'est-ce que vous faites là, les autres ?

Elle fixait Claire d'un air à vous donner la chair de poule.

– C'est quelque chose qui *me* regarde et ne regarde que moi, si tout va comme prévu.

– C'est de la connerie, tout ça ! s'exclama Nicholas. Et illégal, évidemment ! Tu sais combien d'avocats travaillent pour ma famille ? *Sept !*

Les autres semblaient d'accord avec lui.

– *¡ Enséñame los pompones !* dit encore Emilio.

Je venais à peine de réussir à les rassembler ici. Je ne pouvais les perdre si tôt.

– Si l'un de vous a envie de *partager* les infos que je détiens, qu'il le fasse et sorte d'ici.

On entendit voler les mouches. Ils échangèrent des regards, chacun encourageant discrètement l'autre à se lancer. Heureusement pour moi, ils étaient tous trop fiers pour le faire.

– Je m'en doutais, dis-je.

– Je suis en retard pour une répétition de *Mamma Mia !* annonça Scott. Qu'est-ce que tu veux de nous ?

– Comme vous le savez, je lance un magazine littéraire au lycée, dis-je enfin.

– Tu veux qu'on achète ton magazine littéraire ? dit Claire d'un ton moqueur.

Ça m'a énervé. Pensait-elle vraiment que je m'étais donné tout ce mal juste pour leur *vendre* quelque chose ? C'était elle qui était suffisamment idiote pour coucher avec l'entraîneur, pas moi !

– Non, Claire. Je n'attendrai jamais de toi que tu saches reconnaître une publication intelligente, et encore moins que tu veuilles en acheter une ! Mais tes amis et ta famille ? Oui ! Pourquoi ? Parce que vous allez tous y contribuer. Je veux une proposition littéraire de chacun d'entre vous !

J'étais à découvert, et ils ont tous meuglé comme les petits geignards qu'ils sont.

– Tout ça pour ça ? s'exclama Dwayne en rigolant.

– C'est ridicule, dit Vicki.

– *¡ Tu aliento huele a animales de la granja !* cria Emilio.

– Attends, je ne suis même pas étudiant ici, dit Colin du fond de la salle.

– C'est parce que j'attends encore autre chose de toi, et de toi, fis-je en montrant Claire du doigt. Je veux que chaque joueur de foot et chaque pom-pom girl écrive un texte pour moi.

Toute la salle se mit à protester. Ils pensaient que j'avais perdu la tête et que j'étais dans un délire totalitaire. En fait, ils avaient raison.

– Tu ne peux pas m'obliger moi, ni mon équipe de pom-pom girls, ni personne d'ailleurs à faire quoi que ce soit ! hurla Claire.

Elle était tellement hystérique, et sa voix tellement perçante que j'ai cru que sa tête allait exploser comme une fusée.

– Il y a une raison pour laquelle toi et *Trésor* dans le coin là-bas êtes les seuls membres de votre club, continua-t-elle, et c'est parce que tout le monde vous déteste. Même si vous faites circuler une quelconque rumeur sur nous à l'école, personne ne vous croira, pigé ?

Les autres applaudirent et murmurèrent avec approbation. Scott fit même une ovation. Remy hocha la tête comme si elle écoutait la ligne de basse d'une chanson de hip-hop. Malerie n'arrêtait pas de regarder derrière elle, se demandant où se trouvait Trésor.

Je perdais peu à peu de ma superbe. J'avais craint que ça n'arrive. Ils protestaient avec de plus en plus de force et je commençais à douter de plus en plus de moi. Ma hantise était en train de devenir réalité : ils se rendaient compte qu'ils étaient plus nombreux que moi et que je ne pouvais pas les battre.

Je sentais la sueur se former sur mon front. Ils secouaient tous la tête et roulaient des yeux, furieux de gâcher leur vendredi après-midi. Quelques-uns se levèrent pour quitter la salle… et c'est à ce moment-là que j'ai pété les plombs.

Une poussée d'adrénaline m'emplit, et je n'étais plus le vulnérable petit Carson Phillips. Je ne sais pas qui j'étais.

– *Assis !* dis-je d'un ton implacable.

Ma voix était si coupante qu'ils prirent peur. Ils ne savaient pas quoi faire et m'obéirent. J'avais capté leur attention et j'étais en forme. Des années à supporter leurs conneries s'étaient accumulées jusqu'à aujourd'hui et j'allais les défoncer comme dans *Le Pic de Dante.*

– Ça fait trop longtemps que tu me provoques, Claire ! hurlai-je à pleins poumons.

Je ne sais toujours pas d'où me venaient toutes ces paroles.

– Trop longtemps que tu t'en prends à moi et que tu incites les autres à faire pareil ! Tu ne crois pas que les gens vont me croire ? *Je vais tout faire pour qu'ils me croient !* Tu sais, les élèves dans ce lycée n'attendent qu'une chose, trouver une raison pour retourner leur veste et te snober.

Tout le monde me regardait avec des yeux de la taille des couilles d'une baleine.

– Bien sûr qu'ils me détestent. Mais c'est seulement parce que je suis la seule personne dans ce bled à avoir un QI plus élevé que ma pointure et que je n'hésite pas à le rappeler ! Alors vas-y, et continue avec tes petits jeux de pouvoir avec moi, ma chérie. Je ne tolérerai plus ces intimidations. Je n'ai rien à perdre, mais j'ai beaucoup à gagner, et cette fois *aucun d'entre vous ne pourra m'arrêter !*

Ils pâlirent. Ils étaient plus blancs que le premier rang d'un meeting du Front national. Ils étaient à moi, *je les avais enfin à ma merci !* Mais j'ai continué ma performance inopinée. Je suis allé à mon bureau et j'ai pris la première pile de papiers que j'avais sous la main.

– Vous voulez des exemples ? En voici !

Et j'ai commencé à leur balancer des papiers à la figure.

– De la poésie, des contes, des essais, des scripts, des romans, en veux-tu en voilà ! Écrivez ce que vous voulez, du moment que vous utilisez vos mots et que vous m'envoyez le tout immédiatement ! Écrivez combien vous me haïssez ! Détaillez toutes les façons dont vous aimeriez me tuer ! OK ? ET MAINTENANT TIREZ-VOUS DE MA SALLE !

J'ai peine à me souvenir ce qui s'est passé ensuite avec toute cette énergie qui me traversait le corps, mais je sais qu'ils sont sortis plus vite qu'une souris d'une litière de chat.

Quelques minutes plus tard, mon *alter ego* hulkien a peu à peu disparu et j'ai repris mes esprits. Mon cœur battait toujours la chamade et j'avais le dos trempé de sueur. Le sexe ne peut pas surpasser le sentiment de bien-être que je ressentais à ce moment-là, c'est sûr.

– Malerie ? dis-je abasourdi. Tu m'as entendu ? Tu m'as vu ? C'était ha-llu-ci-nant ! *J'y suis arrivé !*

Pas de réponse.

– Malerie ?

J'ai regardé autour de moi, mais j'étais seul. J'avais même fait peur à Malerie. Elle était partie avec les autres. Bon.

Je me suis approché du tableau du Clovergate et j'ai arraché tous les visages défigurés. J'ai écrit dans un élan de triomphe : *Le Magazine littéraire de Clover High, propositions bienvenues.*

Northwestern, gare à toi. L'an prochain, Carson Phillips viendra… et *il est fou à lier !*

24 octobre

J'ai fait un super rêve le week-end dernier. J'étais dans un ascenseur. Il montait et montait. Allait-il s'arrêter ?

J'étais plus âgé, mais je ne sais pas de combien. Tout était un peu sombre parce que je portais des lunettes de soleil très classe. Je me suis regardé et j'ai vu que j'étais habillé d'un costume très chic taillé sur mesure.

Les portes de l'ascenseur s'ouvrirent. Je me trouvais dans les bureaux du *New Yorker*.

Tout le monde flippait en me voyant. Au début, j'étais un peu confus. Je venais de voir les habits que je portais, alors je savais que ce n'était pas un de ces rêves où on est à poil en public. J'ai traversé un couloir et tous les employés s'écartaient respectueusement sur mon passage. J'ai compris à ce moment-là qu'ils avaient peur de moi parce que j'étais leur patron ! Je me sentais comme Miranda Priestly dans *Le Diable s'habille en Prada*.

– Je suis confuse, monsieur Phillips, nous ne vous attendions pas avant midi, dit Remy.

Elle était inquiète et avait des écouteurs dans les oreilles. Elle était ma secrétaire.

– Dois-je avancer votre réunion avec le président Maddow ?

J'ai soupiré longuement.

– Je vous avais dit que j'allais être là plus tôt que prévu. C'était pourtant clair. Un rédacteur en chef devrait pouvoir aller et venir sans souffrir de tant d'incompétence.

J'étais un *rédacteur en chef* et j'étais *un trou du cul*. C'était génial !

– Monsieur Phillips, voici votre café, dit Claire en m'apportant une tasse brûlante.

– Est-ce comme ça que je prends mon café, mademoiselle Mathews ? dis-je sans jamais la regarder.

– Oui, monsieur. Des grains de Mongolie fraîchement moulus, avec deux cuillerées à café de crème suisse, un morceau de votre sucre préféré zéro calorie et non cancérigène, et une demi-dose de Jack Daniel's.

– Merci.

J'ai bu une gorgée, puis j'ai immédiatement jeté le reste à la figure de Remy.

– Je l'ai mérité, monsieur, répondit Remy. Monsieur, vous avez eu un appel de la maison de votre mère. Apparemment, elle est sortie de son coma.

J'ai émis un grognement.

– Dites-leur d'augmenter les doses. Je les paie pour qu'elle reste dans le coma.

Puis j'ai poussé les gigantesques doubles portes pour pénétrer dans mon bureau. Remy et Claire n'avaient pas le droit de m'y suivre.

Mon bureau était aussi grand qu'une principauté.

Il y avait des colonnes dorées et un piano à queue. Je ne joue même pas de piano ! Les murs étaient recouverts de doctorats *honoris causa* et de photos de moi, l'air de m'ennuyer avec des Présidents et des Premiers ministres tout sourire, et avec Madonna.

Les fenêtres allaient du sol au plafond et offraient une vue de New York à couper le souffle. Apparemment, j'arrivais à apercevoir l'Empire State Building, la statue de la Liberté, le Chrysler Building, Central Park, East River, Hudson River,

Barbara Walters et Times Square. Je ne connais pas bien la ville, mais je suis persuadé que c'était l'un des seuls bureaux avec une vue pareille.

Mon téléphone sonna et je répondis.

– Allô ? Non, pas maintenant, Oprah.

J'ai raccroché aussitôt.

– Bonjour Carson, dit Malerie en entrant dans mon bureau.

– Salut Malerie ! Alors, comment va mon éditrice préférée ?

– Ça boume ! C'est la quatre-vingt-septième semaine consécutive que ton autobiographie, *Clovergate : Le scandale à l'origine du mythe*, est en tête des ventes ! Tu crois que tu as un autre best-seller dans le tuyau ?

J'ai souri, puis je me suis tourné vers la vue.

– Toujours, dis-je.

C'est à ce moment-là que je me suis réveillé. En fait, il y avait aussi des extraterrestres travestis qui prenaient le contrôle de la Terre et ça s'est terminé quand j'ai perdu au *Limbo* contre Margaret Thatcher dans une pièce pleine de furets, mais je n'ai prêté aucune attention à cette partie du rêve.

Bien que je ne pense pas que je pourrais jamais jeter une tasse de café à la figure de quelqu'un (ou raccrocher au nez d'Oprah !), c'était bien plus qu'un rêve… c'était mon objectif. Et si ce qui s'est passé aujourd'hui à l'école constitue une indication quelconque, cet objectif pourrait bien se réaliser.

Claire et Colin on dû faire passer le mot auprès de leurs sportifs et de leurs pom-pom girls, parce qu'une file de trouducs mécontents qui voulaient soumettre leurs écrits littéraires attendaient devant la porte lundi à la fin des cours.

– Claire a dit qu'on ne pouvait pas soutenir notre équipe si nous n'avions aucune culture, alors elle nous oblige à être dans ton magazine, expliqua une pom-pom girl.

– Notre entraîneur nous force à écrire quelque chose pour toi parce qu'il pense qu'on ne peut pas battre une équipe à moins de mieux savoir penser qu'elle, m'expliqua un joueur de foot qui louchait.

Les propositions étaient brèves et avaient été rédigées dans la précipitation, mais ce n'était pas grave. Northwestern allait les voir et se dire que j'arrivais à motiver des étudiants de parcours différents à écrire ! C'était précisément ce qu'il me fallait !

J'avais hâte d'aller voir grand-mère après les cours pour lui raconter tout ça.

– Je suis en train de faire chanter tout le lycée pour augmenter mes chances d'être pris à l'université de mes rêves, dis-je dès mon arrivée dans sa chambre. Et c'est génial ! Qui aurait cru qu'un de mes plus grands exploits serait de nature criminelle ?

– Sortez d'ici ! dit grand-mère, les yeux écarquillés.

– Mais c'est vrai ! dis-je, tout heureux. J'ai reçu toute la journée des textes de gens…

– Non, sortez ! cria grand-mère en montrant la porte du doigt. Dehors ! Je ne vous connais pas ! Sortez de ma chambre !

– Oh, non ! Pas aujourd'hui, grand-mère. S'il te plaît, ne me fais pas ça aujourd'hui…

– Dehors ! insista-t-elle. Infirmière ? Il y a un homme que je ne connais pas dans ma chambre ! Infirmière ?

Ça lui arrivait de temps en temps.

– OK, c'est bon, je pars, dis-je en me dirigeant vers la porte. À demain.

– Dehors ! cria-t-elle une dernière fois.

Je pouvais encore l'entendre dans le couloir.

– Dehors ! Dehors ! Dehors ! répétait-elle depuis sa chambre.

C'est déjà assez pénible de la voir tous les jours sans qu'elle me reconnaisse, mais vous n'avez pas idée à quel point cela peut faire mal au cœur d'être pris pour un étranger par la personne que vous aimez le plus au monde.

Jusqu'alors, j'avais été sur un nuage toute la journée. Mais plus votre petit nuage vole haut, de plus loin tombe votre pluie.

En revenant à la maison, j'ai trouvé maman sur le canapé (non, pas possible !).

– Tu es rentré tôt, dit-elle.

– Grand-mère est dans une de ses phases.

– Ah.

Maman prend souvent un air coupable quand je lui parle de grand-mère.

– C'est pour ça que je ne vais plus jamais là-bas. Je ne supporte pas de la voir dans cet état, dit-elle en hochant la tête comme pour accompagner sa pitoyable excuse.

– C'est pour *ça* ? murmurai-je.

La vérité, c'est qu'elle ne va pas rendre visite à grand-mère parce que ça la fait se sentir coupable, et c'est un problème pour lequel elle n'a pas trouvé de médicament.

– Comment ça s'est passé à l'école ?

– Bien. Je fais chanter tous les élèves pour améliorer mes chances d'être pris par Northwestern.

– Northwestern ? demanda maman.

– C'est là que j'irai faire mes études d'ici un an.

– Ah.

Elle se tourna vers la table basse, le regard triste.

– J'oublie toujours à quel point tu as grandi. J'imagine que même mon gamin doit grandir.

Il n'y a guère que ma mère pour m'énerver à ce point, tout en me faisant pitié comme ça.

– Et toi, comment s'est passée ta journée ? demandai-je à mon tour, même s'il ne semblait pas qu'elle ait vraiment eu de journée à proprement parler.

– Bien. Le juge Judy a expulsé un homme de son tribunal parce qu'il ne portait pas de pantalon, et

Amour, gloire et beauté offrait des Xbox à ceux qui devinaient la fin de l'épisode.

– C'est tout ?

– Ouais, en gros, dit-elle d'un ton mélancolique. Ah, non : après *Questions pour un champion*, je suis allée chercher le courrier.

Pourquoi ne l'avait-elle pas dit plus tôt ? Il y avait une pile de courrier sur le comptoir, que j'ai aussitôt inspectée. J'avais le trac qui faisait des claquettes dans mon ventre pendant que j'examinais les enveloppes une à une, mais il n'y avait rien pour moi.

Quelle ironie, si j'avais été déjà pris et que je m'étais donné tout ce mal pour rien ! C'était encore possible. Ça ferait une super histoire à raconter au vernissage de mon futur voisin dans le centre de Manhattan.

Ça suffit. Je dois vraiment arrêter de me faire des films avec des personnages de fiction. Ça ne peut pas être bon de développer une amitié avec des gens qui n'existent pas.

J'ai passé l'essentiel de l'après-midi à me demander si je devais inclure une section « Divers » dans le magazine littéraire. Même si je suis heureux de recevoir plus de propositions jour après jour, je dois avouer que les ados sont cinglés. Je ne sais pas ce que signifient la moitié des textes. S'agit-il de poésie ? De fiction ? Est-ce que ça a été fait par des humains ?

Une fille m'a donné un essai qui raconte son futur mariage avec Justin Bieber, et je crois qu'elle ne plaisante pas du tout. Apparemment, elle se gare devant chez lui chaque week-end et fixe la maison à travers la grille pendant des heures.

Non, mais sérieux ? Tu crois vraiment qu'il va sortir, te voir et te dire : « Hé, toi, je t'ai vue m'observer depuis des mois maintenant, et je crois que je t'aime. » *Eh bien non ! T'es complètement barjo ! Rentre chez toi, espèce d'obsédée, et restes-y !*

Est-ce que ce n'est pas le genre de chose qui vous fait penser que les parents devraient secouer davantage leurs enfants ? Franchement, où sont les parents de cette fille, et pourquoi ne font-ils pas leur boulot ? Ce n'est pas parce qu'on est jeune qu'on est fou.

Je vais mettre cet essai dans la rubrique « Commentaires de société » pour ne pas l'humilier. Quelle dingo !

Quelques heures plus tard, Justin Walker a passé la tête par la porte de la salle. On aurait dit un chiot abandonné. Il avait apporté une seule feuille de papier.

– C'est ici que je suis censé déposer quelque chose pour ton magazine militaire ? demanda-t-il.

– C'est un magazine littéraire. Et oui, c'est ici.

– Ouf ! Ça fait des heures que je cherche cette salle, mec. Je ne savais même pas que c'était là.

– C'est fou, hein ? dis-je avec sarcasme. Ils devraient mettre des numéros sur les portes ou un truc comme ça, non ?

– Ou une borne d'info, tu vois, comme dans les centres commerciaux, ajouta Justin.

Il a jeté un regard autour de la salle, impressionné.

– Tu vis ici ?

– Presque.

Il m'a donné sa feuille et je l'ai parcourue. Comparé à son texte, on pourrait croire que *Martine à la plage* a été écrit par Gustave Flaubert.

– Merci, Justin. Je vois que tu as écrit sur les arbres… et l'herbe… et sur le fait que les deux sont verts.

Justin soupira et haussa les épaules.

– Écoute, écrire… c'est pas mon truc, OK ? Je ne suis pas un mec qui a le cerveau moche bien développé, et alors ?

– Le cerveau gauche, repris-je.

– C'est quoi ?

– C'est la partie gauche du cerveau, et ça veut dire que tu as de l'imagination.

– Ouais, bon, je suis pas ça non plus. Je suis le contraire d'un mec avec un cerveau gauche développé.

– Alors, tu as le cerveau droit développé.

– Ouais, je suis droitier aussi. C'est la preuve, tu vois.

– Ouais, carrément.

Je n'ai pas insisté. Parfois, il faut être d'accord avec les idiots pour ne pas perdre la tête.

– Tu es donc bon en maths et en sciences ?

J'ai aussitôt regretté d'avoir posé la question.

– C'est ce qui est le plus commun chez ceux qui ont un hémisphère droit bien développé, expliquai-je.

Justin réfléchit en faisant un gros effort. On aurait cru qu'il était perdu dans sa propre tête, comme si un grizzly pouvait se perdre dans un studio.

– Non, je ne suis pas bon non plus dans ces trucs-là.

– Tu es bon en quoi, alors ?

Je ne voulais pas le dire comme ça, mais je suis un petit con de nature et ça n'a rien arrangé.

Justin était maintenant en colère et il leva les mains au ciel :

– Je sais ce que tu penses, parce que c'est la même chose que mon conseiller, le proviseur Gifford, et c'est aussi ce que pense chaque recruteur de football universitaire. Mais je ne suis pas qu'un sportif débile avec des sales notes, tu piges ? Je suis bien plus que ça.

J'ai hoché la tête avec énergie, histoire de me rattraper.

– Genre quoi ?

Il me regarda comme si je lui avais demandé la capitale du Turkménistan. Il n'avait pas de réponse.

– Peut-être que tu devrais y réfléchir, dis-je aussi gentiment que possible. Tu dois montrer au monde qui tu es, avant que le monde ne le dise à ta place, Justin. Sinon, tu deviens la victime de quelqu'un qui n'est pas toi.

Il lui fallut un temps pour comprendre ce que je voulais dire, mais j'ai bien vu qu'il avait saisi.

– Comme quand j'ai rejoint l'équipe de foot pour être le défenseur gauche, et maintenant je suis l'attaquant centre. Je n'ai jamais cherché toute cette pression. J'aurais dû dire quelque chose, mais je ne voulais pas embêter mon frère. On partage encore la même salle de bains.

– Je vois…

Je ne savais pas parler de foot. J'avais peur d'avoir foutu en l'air ce mec jusqu'à la fin de ses jours.

– Je comprends bien.

– Merci, mec, répondit Justin.

Il me tendit un poing. Je me suis à moitié réfugié derrière mon bureau, croyant qu'il voulait me frapper, mais il voulait juste qu'on fasse « tope là ! ». Après l'avoir fait, son poing fit un truc qui ressemblait à une explosion et il a même accompagné le geste d'un effet sonore.

Est-ce que ça voulait dire que j'avais gagné ? Était-ce un jeu ? Pourquoi les sportifs sont-ils tout le temps en train de jouer ?

– On se voit à un match bientôt ? demanda Justin en sortant.

J'ai failli répondre : « Je préfère me presser les couilles en purée. » Mais ce n'est pas sympa de s'en prendre aux gens qui ont des difficultés, alors j'ai dit :

– Peut-être !

J'ai essayé de m'arrêter là, mais je n'ai pas pu taire mon irrépressible envie d'ajouter :

– Et ouvre l'œil, Justin. La salle de bains n'est pas la seule chose que tu partages avec ton frère.

Je suis con. Mais on avait eu un moment de partage… comment ne rien lui dire ?

Justin se mit à réfléchir à nouveau de toutes ses forces, et il lui en fallut beaucoup.

– Oh non, mec, t'es pas en train de me dire…

Il avait l'air d'avoir le cœur brisé.

– Ce n'est pas moi qui te l'ai dit !

Merde ! Je me suis vraiment planté un couteau dans le pied, cette fois !

– Ces Nike sont vintage ! cria enfin Justin. J'avais interdit à cette raclure de les mettre ! Je vais lui casser la gueule.

Il s'en alla, furibond.

J'ai poussé un soupir de soulagement. Moi et ma grande gueule. Pourquoi suis-je toujours à deux doigts de me saborder ? Je me demande tout ce que je pourrais accomplir si je ne me mettais pas moi-même des bâtons dans les roues.

25 octobre

J'étais un peu gêné, cet après-midi. Un sportif est venu me donner sa proposition pour le magazine. J'ai pensé que c'était un gentil poème tout innocent sur son chien, mais après réflexion, je suis convaincu qu'il parlait en fait de son *pénis*.

C'est dégueu. Enfin… je vous laisse juge. Ça ira quand même dans le magazine. Je ne peux pas être trop regardant sur la sélection. Je n'ai plus beaucoup de temps pour tout assembler et l'envoyer à Northwestern avec une nouvelle candidature.

Remy aussi est passée cet après-midi pour déposer son texte. Je vous jure que cette fille me tape sur le système plus que quiconque dans tout le lycée. Rien que sa façon de marcher, comme si elle était la plus intelligente au monde, m'agace. *Pas dans ma salle de cours, Bilbo.*

– Tiens, une nouvelle pour ton magazine de merde, dit-elle en roulant trois fois des yeux.

– Merci, Remy.

Je n'ai même pas répliqué par une remarque cinglante. Après avoir fait chanter presque tous les gens que je connais, j'ai tenté de tourner une nouvelle page aujourd'hui. J'essaie d'être aussi poli que possible avec toutes les personnes que j'ai prises pour victimes. (Je crois que j'ai une cicatrice permanente à force de me mordre la langue à cause de ça.)

– J'ai vraiment mieux à faire de mon temps, tu sais, insista Remy.

Je ne pus m'empêcher de dire :

– Comme de retrouver ton *Trésor* ?

J'ai dit que *j'essayais* d'être poli. Je n'y suis pas encore arrivé tout à fait.

– Très drôle, gros con, dit Remy en me tendant sa nouvelle. Ce n'est pas vraiment ma meilleure contribution de l'histoire, mais ça fera l'affaire. Je suis juste contente que ton magazine n'aille nulle part d'important. Ça ne me plairait pas qu'on se souvienne de moi comme de la nana qui a écrit une nouvelle pas terrible.

– Je suis très content de te voir si bien disposée.

J'ai jeté un coup d'œil à son texte. On voyait qu'elle avait fait un petit effort. Remy me rappelle un peu moi-même, une perfectionniste jusqu'au bout des ongles.

– Et comment aimerais-tu qu'on se souvienne de toi, au juste ? Ou est-ce que tu cherches juste à cimenter l'image d'une fille coincée du cul ?

– J'aimerais qu'on se souvienne de moi comme d'une fille qui ne perdait pas son temps, rétorqua Remy en me jetant un regard noir de haine. Je ne t'ai jamais vraiment pigé, Carson. On a toujours été très semblables. Tu travailles autant que moi, on a les mêmes notes, mais pourquoi le fais-tu, toi ?

– Tu appelles ça perdre ton temps ? Consulter ton for intérieur et créer quelque chose d'original, d'unique et d'entièrement tiré de ton imagination, c'est du temps perdu d'après toi ? Eh bien, tu vois, je crois que c'est justement ce qui nous différencie.

– Ouais, d'accord. Salut.

Elle se dirigea vers la porte.

– Je dois retourner à l'album de promo. Les souvenirs ne se font pas tout seuls, ajouta-t-elle.

– En fait, si, justement ! m'exclamai-je en la regardant comme si elle avait perdu la tête. Mais j'imagine que tu veux que tout le monde se souvienne d'une version de toi en quadrichromie.

– Désolée, mais j'aime bien garder une trace de ce que j'ai accompli, d'accord ? Quelqu'un doit le faire.

Je crois qu'elle avait révélé un peu plus de désespoir qu'elle ne voulait l'admettre. Heureusement qu'on n'est pas amis, autrement j'aurais pu lui demander ce qu'elle entendait par là, et on aurait été coincés pendant des heures à écouter ses problèmes avec maman et papa.

– Tu sais quoi, Remy ? Si tu deviens une étudiante tellement brillante que t'en crèves, tu ne sauras jamais ce que tu auras vraiment accompli.

Elle fit la moue, grogna et quitta la salle.

Après son départ, j'ai commencé à réfléchir. Dans dix ans... je m'en fous, mais bon... je me demande comment les gens se souviendront de moi. Est-ce que je serai le mec chiant du cours de journalisme qui s'affairait à des tâches sans intérêt pour justifier son existence ? Ou est-ce qu'ils consentiront à voir en moi ce type déterminé qui faisait tout son possible pour atteindre ses objectifs ?

Est-ce qu'ils se rappelleront le lycée en se disant que c'était le meilleur moment de leur vie ? Ou se souviendront-ils de toutes les personnes qu'ils ont meurtries et écrasées pour mieux se la péter ?

Si on compare un livre d'histoire américaine et un livre d'histoire britannique, je parie que leurs descriptions des années 1770 seront très différentes. Et si on comparait l'album de promo de Remy et un album de promo fait à ma manière, je parie qu'on n'imaginerait même pas qu'il puisse s'agir du même lycée. Je me dis que l'histoire n'existe pas. C'est juste une série d'impressions partagées.

D'ailleurs, en parlant de perception, j'ai montré ce poème à grand-mère tout à l'heure après les cours. Bien qu'elle ne se souvienne toujours pas de qui je suis, elle était tout à fait d'accord avec moi pour dire que ça parlait d'un pénis.

26 octobre

C'est vendredi et j'ai eu la malchance de devoir assister de nouveau à une réunion du conseil étudiant après les cours. Ne soyez pas jaloux !

– On a toujours besoin d'un lieu pour le bal, dit Claire en direction de ses amuseurs de foire. J'ai pensé au jardin des Cailles.

– Pourquoi pas au Formule 1 près de l'autoroute ? dis-je. Soyons francs, tout le monde y va après le bal de toute façon. J'ai pas raison ?

J'ai ri à ma propre blague. Je ne sais pas pour qui je la faisais. Ce n'est pas comme si ces gens avaient jamais été un bon public.

– Des objections à ce que ce soit le jardin des Cailles ? demanda Claire en m'ignorant, donc.

Personne n'avait d'autre suggestion.

– Mais le jardin des Cailles n'est pas au milieu des champs ? Et le bal est habituellement au début de l'été, alors tout le monde va se faire bouffer par les moustiques, remarquai-je. Je crois que la salle des fêtes de Clover serait moins chère.

Je n'essayais pas d'être obtus. Quand j'étais en seconde, les terminales avaient organisé leur bal de promo au jardin des Cailles, et j'avais entendu les gens se plaindre des moustiques. Quand ils ont tiré les photos, elles avaient toutes un petit miroitement ringard, mais en fait ces petits miroitements étaient juste d'énormes moucherons qui infestaient les lieux à cette époque.

– Va pour la salle des fêtes de Clover, conclut Claire en soupirant très fort. Il nous faut aussi un thème.

– Et si on choisissait un conte de fées ? proposa Remy en profitant de l'occasion pour donner son avis. On pourrait facilement faire un décor de Cendrillon pour les photos.

– Oh oui, j'adore Raiponce ! dit Scott.

Vous me connaissez, je ne pouvais pas m'empêcher d'ajouter mon grain de sel :

– Je ne suis pas sûr que tous les élèves aimeraient ce thème. Notamment les garçons. Vous devriez faire un thème historique, plutôt, comme les Années folles ou un truc dans le genre.

Ils échangèrent des regards sans dire un mot, taisant leurs objections.

– Va pour les Années folles, dit Claire.

– Super, dit Justin.

J'ai fini par comprendre ce qui se passait, et ça m'a agacé.

– Pourquoi vous me laissez prendre toutes les décisions ? C'était beaucoup plus marrant quand on se disputait.

– Est-ce que tu vas nous obliger à écrire davantage si on se dispute ? demanda Nicholas d'un ton acerbe.

– En parlant de ça, dis-je, le magazine avance bien. J'attends juste encore quelques textes.

J'ai regardé Claire, Nicholas et Scott.

– Agnès Saunders, une des femmes qui travaillent à la cantine, prend sa retraite le mois prochain, reprit Claire en changeant de sujet. On nous a donné cinquante dollars pour lui faire un cadeau d'adieu. J'ai pensé à des bols ou peut-être un four à pain.

– Ça me semble une bonne idée, dit Remy.

– Peut-être qu'on peut ajouter aussi une boîte à épices, proposa Scott.

– Vous allez offrir à une femme qui a passé les quarante dernières années de sa vie à faire des repas pour l'école des accessoires *de cuisine* ? dis-je, abasourdi.

– C'est normal, dit Nicholas.

– C'est comme acheter des chaussures à un cheval mort, expliquai-je sans mâcher mes mots. Offrez-lui plutôt une journée dans une station thermale ou un truc qu'elle appréciera et qui ne lui rappellera pas toutes les demandes de RTT qu'elle a dû remplir au cours de sa carrière.

– Va pour une journée dans une station thermale pour la dame de la cantine, conclut Claire en colère.

Je ne vois pas pourquoi ils sont toujours tellement en colère contre moi. Ils devraient être heureux que je sois là pour leur dire à quel point leurs idées sont stupides.

– Lundi 5 novembre, nous avons une réunion avec le proviseur et les administrateurs de l'école après les cours, dit Claire en terminant les points à l'ordre du jour. Ils font souvent ces réunions quand ils veulent faire appliquer de nouvelles règles.

– Mon frère a assisté à l'une d'elles quand il était au conseil étudiant, dit Justin. C'était quand ils ont interdit les sacs à dos transparents.

– Ça devrait bien se passer si on se met d'accord pour nous contenter de sourire et d'écouter, dit Claire.

Tout le monde se tourna vers moi en me fusillant du regard.

– Je serai sage comme une image, dis-je.

Purée, dur, ce public.

29 octobre

Bon, alors j'étais là, assis à l'ordinateur dans la salle de journalisme après les cours (j'avais pris de l'avance et je retranscrivais les propositions reçues pour le magazine), quand Dwayne est apparu. La pièce s'est aussitôt mise à sentir comme un concert de Bob Marley.

L'odeur émanant de ce gars me donne envie de l'interner.

– Hé, mon *poooote*, dit Dwayne en prenant beaucoup trop de temps pour prononcer un mot de deux syllabes.

– *Ouiiiii* ? répondis-je en imitant son style.

– J'ai écrit, mec. J'ai écrit pour *toi* !

Il plissait tellement les yeux qu'on l'aurait pris pour un somnambule. Il m'a tendu un essai rédigé sous l'influence de la drogue.

– Merci, Dwayne.

Même la feuille puait la beuh.

– Pas de quoi, mec. Merci de m'avoir fait chier, mec. J'ai vraiment kiffé.

– Pardon ?

Je ne sais pas pourquoi j'essayais de comprendre quelqu'un d'incohérent.

– Tu m'as vraiment ouvert les yeux, mec, répondit Dwayne les paupières closes. Tu sais, toute cette histoire d'écriture, c'est pas mal. Je veux dire, quand est-ce qu'on a vraiment l'occasion d'écrire, tu vois, au lycée, quoi ? Tu vois ce que je veux dire ?

Ça m'a surpris. Parlait-il sérieusement ?

– Et le journalisme, alors ? J'ai passé l'année à essayer de te faire écrire quelque chose.

– Ah ouais… faut croire que je n'avais jamais considéré ça comme de l'écriture. J'ai toujours cru que c'était *no future*.

Il éclata de rire comme un malade.

– T'as pigé ? Comme dans ton défilé à la fête de rentrée ! Bref, c'était trop génial. J'ai tripé à mort.

– Bon, eh bien, si tu as trouvé qu'écrire était génial, tu devrais essayer de lire, Dwayne.

– Lire, tu dis ? J'ai jamais été un grand lecteur.

– Je comprends, mais tu sais qu'il y a une différence entre lire et lire *vraiment* ?

– C'est vrai ? demanda Dwayne en entrouvrant les yeux.

– Oooh que oui, dis-je en le faisant marcher. Tu devrais essayer. Les auteurs peuvent écrire en utilisant certains mots alors qu'ils pensent vraiment à d'autres mots. Tu vois ce que je veux dire ?

– Eh ! mon pote, j'hallucine complet, là. J'y avais jamais pensé.

Il se frotta le visage si vigoureusement que j'ai eu peur qu'il s'en arrache un bout.

– Je vais aller à la bibliothèque et emprunter quelques bouquins ! Ils en ont là-bas, non ?

– Oui. Et juste pour te dire, il y a plein d'autres façons de s'échapper, si c'est ça que tu cherches. Des façons plus saines. Et la plupart ne vont pas tuer les cellules de ton cerveau.

Dwayne regarda dans le vide pendant un moment, ce qui veut peut-être dire qu'il était en train de réfléchir à ce que je venais de lui dire, ou peut-être que le vaisseau mère était en train de lui envoyer un signal de départ.

– Cool. À tout'.

Il quitta la salle. Bon, en fait, il est d'abord rentré dans un mur, et ensuite il a quitté la salle. Pauvre crétin. Pourquoi ai-je l'impression qu'il va postuler à la présidentielle un de ces jours ?

Ça pue toujours. Je crois que ça commence à me donner mal à la tête. Et pourquoi est-ce que j'ai les crocs, tout d'un coup ? J'échangerais ma vie contre un sandwich à la crème glacée là, tout de suite.

30 octobre

J'ai vraiment essayé de travailler avec Malerie cette semaine. Elle veut être publiée dans le magazine littéraire, mais elle a du mal à me donner une histoire qui soit, comment dire, écrite par elle. Alors chaque jour après les cours, on est tous les deux dans la salle de journalisme et on fait le tour de ses possibilités.

– Et que penses-tu de celle-ci ? demanda-t-elle en sortant quelques feuilles d'un classeur Hello Kitty. Ça parle d'un pédophile trop bizarre qui vit dans une usine de bonbons et qui a des esclaves nains.

– Ça, c'est *Charlie et la chocolaterie*, dis-je après avoir lu les cinq premiers mots.

– Ah… fit-elle dépitée. Bon, d'accord, j'ai aussi celle-ci. Elle est totalement nouvelle. Ça parle d'un orphelin qui ne sait pas qu'il a des pouvoirs magiques jusqu'à ce qu'un homme poilu et énorme l'amène à un palais magique qui s'appelle…

– Poudlard ?

– Comment t'as su ? s'exclama-t-elle les yeux tellement écarquillés qu'ils allaient presque sortir de leurs trous. T'as déjà dû le lire !

– Oui, moi et trois milliards de gens. C'est *Harry Potter*, Mal…

Je dus lui dire la triste vérité.

Malerie secoua la tête. Je ne l'avais jamais vue aussi frustrée. Elle leva la tête et me regarda d'un air très sérieux.

– Carson, je peux te montrer quelque chose que je n'ai jamais montré à personne ?

– Tu ne vas pas te déshabiller, j'espère ? dis-je quelque peu apeuré.

Malerie regarda autour de nous pour s'assurer qu'on était seuls. Elle a même éteint son Caméscope (qui était allumé, je ne m'en étais pas rendu compte). Elle se mit à fouiller dans son sac à dos.

– C'est quelque chose que j'ai écrit il y a longtemps.

Elle finit par trouver ce qu'elle cherchait et me passa un exemplaire de *Hunger Games*. Ouais, vous avez bien lu.

– C'est un livre publié, Malerie. Tu ne l'as pas écrit. C'est Suzanne Collins qui l'a fait. C'est même marqué sur la couverture.

– C'est ce qu'ils veulent te faire croire, dit Malerie. Pendant les JO d'été en 2004, je suis allée sur un site Web et j'ai écrit un commentaire. J'ai dit que ces Jeux seraient vachement plus cool si les athlètes ne voulaient pas être là et s'entretuer.

– Bon…

C'était un peu inquiétant pour des tas de raisons.

– Et puis après, quelqu'un a laissé un commentaire pour dire qu'il était d'accord avec moi, continua Malerie. La personne a dit : « Je suis entièrement d'accord », et cette personne a signé « S. Collins ».

Je me suis frotté les oreilles et j'ai cligné des yeux plusieurs fois, pour m'assurer que j'avais bien vu et entendu.

– Malerie, tu es en train de me dire que Suzanne Collins a écrit toute une trilogie à partir d'un commentaire d'une ligne d'une gamine de dix ans ? dis-je en faisant de mon mieux pour reformuler ce qu'elle venait de me dire.

(Je suis devenu pratiquement bilingue en malerien.)

Malerie ferma les yeux et hocha la tête.

– Ça m'arrive tout le temps. Quand j'avais treize ans, j'envoyais mes poèmes à ma correspondante sur MySpace en Angleterre. Elle a mis mes mots en musique et a sorti un album.

– Vraiment ?

– Oui, dit-elle en soupirant. Et maintenant, elle se fait appeler Adele.

Elle me regarda d'un air des plus convaincants. Heureusement que Malerie ne reconnaît pas les expressions du visage, parce que je l'observais d'une façon insultante.

– Et que fais-tu de tous ces auteurs que tu copies et qui sont morts avant ta naissance ?

– J'essaie encore de comprendre comment c'est possible. Tu vois ! Tu as toujours cru que c'était moi qui copiais les gens, mais en fait j'ai toujours été la victime. S'il te plaît, ne révèle mon secret à personne. J'en ai assez bavé.

– J'imagine…

Je me suis gratté la tête. Elle ralluma son Caméscope.

– Je suis contente d'avoir parlé de tout ça, dit Malerie. Je sentais que c'était le seul truc qui faisait obstacle à notre amitié, et je ne sais pas si j'allais pouvoir tenir encore longtemps comme ça. Je suis tellement soulagée !

J'ai eu le tournis pendant quelques minutes après tout ça. Je dois avouer que l'idée que Roald Dahl, J.K. Rowling, Suzanne Collins et Adele aient tous plagié Malerie Baggs, dix ans, de Clover, était la chose la plus étonnante que j'aie entendue depuis des semaines.

– Malerie, rentre chez toi, choisis ton histoire préférée, celle écrite par toi ou quelqu'un d'autre, et change un mot sur deux. Change le sexe des personnages, change le nom des villes, change même la période historique.

– Pourquoi est-ce que je ferais une chose pareille avec tous mes chefs-d'œuvre ?

– Parce que si tu le fais, je peux le publier dans le magazine littéraire.

Son visage s'illumina.

– Quand tu auras fait ça, ça deviendra une espèce de satire, et ça, c'est parfaitement autorisé par la loi. D'habitude, il faut critiquer un peu la société avec humour, mais les temps sont durs, alors j'accepterai ce que tu auras écrit en faisant de ton mieux.

Malerie sautillait d'impatience.

– C'est super ! Je dois rentrer m'y mettre !

Elle ramassa ses affaires et se dirigea vers la porte.

– Merci Carson, tu m'as rendu ce qui m'avait été volé jusqu'ici.

Elle fit une pause théâtrale qui dura presque une minute avant de sortir de la salle.

Mon Dieu… j'espère que l'État lui donnera un bon avocat un jour, et je prie pour ne pas être appelé à la barre comme témoin de moralité. Un procès est inévitable.

Plus tard, alors que j'allais à ma voiture, j'ai aperçu Vicki assise toute seule dans la cour, écoutant son iPod. De loin, j'arrivais à entendre les cris du chanteur. Je n'aime pas avoir l'air d'un vieux schnock, mais *vous appelez ça de la musique* ?

– Hé, Vicki. Tu as quelque chose pour moi ? Quelque chose qui pourrait être publié dans un magazine littéraire ?

Elle me lança le regard assassin qui était sa marque de fabrique.

– Du calme, sinon ton anus va commencer à pisser le sang, dit-elle.

Elle tendit la main vers son sac à côté d'elle. Une de ses mitaines était retroussée et j'ai aperçu plusieurs entailles sur son poignet. *Vicki se fait du mal.*

– Vicki... je ne pus m'empêcher de lancer en suffoquant.

Elle devint aussitôt plus réservée et remit sa mitaine en place.

– Voici ma proposition, dit-elle en me fourguant une feuille entre les mains.

Elle se leva et s'en alla à vive allure.

C'était un de ces moments où vous voudriez aider quelqu'un sans savoir comment vous y prendre. Des milliers de choses vous viennent à l'esprit, mais vous craignez de n'avoir aucune légitimité pour les exprimer. Je savais que j'étais la dernière personne au monde qui devait lui dire quelque chose, mais au diable l'éthique, je l'ai fait quand même.

– Vicki, attends ! dis-je en la rattrapant. Tu as besoin de parler à quelqu'un ?

– Va te faire foutre, dit-elle en accélérant le pas.

– Écoute, je ne suis peut-être pas un expert dans ce qui t'arrive en ce moment, mais il y a de meilleures façons de faire face que de se faire du mal !

Vicki s'arrêta et se retourna. Elle avait les yeux humides. Je ne savais pas si c'était parce qu'elle était gênée ou qu'elle avait honte.

– Comment oses-tu me dire comment je dois vivre ma vie, Carson ? C'est *ma* vie. Comment je me démerde ne regarde que moi, pigé ?

– D'accord… désolé…

Je ne savais pas quoi dire de plus. Elle s'éloigna, mais je restai planté là.

J'étais triste pour elle (et je ne savais pas que je pouvais éprouver de la compassion). Je ne pouvais pas non plus m'empêcher de remercier les cieux de ne pas m'avoir fait subir un truc comme ça. Peu importe ce qui peut arriver, je ne pense pas que s'infliger des choses pareilles soit une solution.

Mais qui sait ce qu'elle endure réellement ? Qui sait ce qui est vraiment en train de se passer ? On pourrait croire qu'après des milliers d'années d'humanité sur cette planète, quelqu'un aurait songé à écrire une espèce de manuel pour expliquer aux ados comment traverser cette période de leur vie et trouver de l'aide pour résoudre leurs problèmes. Eh bien non, et nous devons lutter chacun à sa propre façon.

Ça me rappelle une chose que grand-mère avait coutume de dire quand elle voyait un SDF dans la rue : « Ça pourrait être moi, sans la grâce de Dieu. »

31 octobre

J'ai passé l'essentiel de Halloween à rouspéter contre les pédés. (J'ai toujours eu envie de dire ça.) Je vais vous expliquer…

Comme d'habitude, je n'ai été invité à aucune des fêtes de Halloween après les cours. De toute façon, je n'ai jamais voulu y aller. Depuis la fête de rentrée, je n'ai pas vraiment envie de me déguiser. Et puis, j'avais vraiment trop de choses à faire avec le magazine. Il me reste moins d'une semaine et je dois carburer pour tout boucler.

J'avais complètement oublié que c'était Halloween, jusqu'au moment où Nicholas et Scott sont venus me rendre visite dans la salle de journalisme. Ils étaient déguisés en Batman et Robin. Et je ne vous parle pas du duo dynamique des films atroces des années 1980, je vous parle de la version avec Adam West et Burt Ward des années 1960. Je n'ai pas de gay-dard, mais j'entends un *BEEP BEEP BEEP BEEP !*

– Attendez, je rêve ou j'ai loupé un épisode ? dis-je en les voyant entrer dans la salle.

– Très drôle, répondit Nicholas. C'est Halloween, connard.

– Tu t'es déguisé en quoi ? demanda Scott. En Père Fouras ?

Nicholas et Scott échangèrent un regard et éclatèrent de rire.

– Vous êtes venus dans ma classe travestis comme ça pour vous moquer de moi ? Vous êtes plutôt mal placés.

– On lui donne nos textes et on se casse, dit Scott à Nick.

– Bonne idée, répondit Nicholas.

Ils me tendirent leurs feuilles à contrecœur.

– Merci mesdames.

Je n'avais aucune idée que ça les agacerait autant. Nicholas m'a pratiquement balancé un bureau dans la gueule.

– C'est pas drôle ! hurla-t-il.

– Il n'en vaut pas la peine, Nick, dit Scott. Allez, on va se saouler au punchitrouille chez Claire et on va regarder *Hocus Pocus*.

– Tu n'as aucune idée de ce que tu m'as fait endurer cette semaine, ajouta Nicholas en pointant un doigt vers moi.

Il était vraiment énervé. Tout d'un coup, ce sentiment de culpabilité que j'avais plus ou moins ressenti il y a quelques jours m'a submergé.

Ils se dirigeaient vers la porte, mais avant de partir j'ai crié :

– Désolé !

Ils se retournèrent comme s'ils avaient rêvé.

– Désolé ? demanda Nicholas.

Je peux comprendre leur surprise. Je n'ai dit ce mot que trois fois dans ma vie.

– Désolé, repris-je pour m'assurer qu'ils m'avaient bien entendu. Depuis ce fameux soir dans les toilettes, j'ai réfléchi à tout ça, et je vous dois des excuses.

– Ça ne m'intéresse pas de t'entendre, coupa Scott. Tu me fais chanter une fois, honte à toi. Tu me fais chanter une deuxième fois, honte à moi. Cassons-nous avant qu'il n'y ait une troisième fois…

– Écoutez, j'ai assez de mal à être dans ce lycée, et je ne cache pas mon dégoût. Je ne peux pas m'imaginer ce que c'est que de garder un secret pareil en plus du reste. Si j'ai ajouté un poids supplémentaire sur vos épaules, je suis honnêtement désolé du fond du cœur, mais vous m'avez vraiment aidé en faisant partie de ce magazine.

– Euh… merci… dit Nicholas, sans conviction.

– C'est gentil. Enfin je crois, ajouta Scott.

– Et pour qu'on soit clairs, je ne le dirai jamais à personne, poursuivis-je. Parole de scout. Je sais à quel point cette ville de province ne me supporte pas, alors que je ne suis même pas homosexuel. Je suis juste superintelligent.

J'ai ricané, parce que je plaisantais à moitié, mais j'étais le seul à rire. Ils baissèrent la tête et s'échangèrent un regard triste.

– Il n'y a pas que cette ville. C'est le monde entier, dit Scott.

– Je veux dire, à part San Francisco et West Hollywood, c'est un sujet plutôt délicat partout ailleurs.

– Et je ne peux pas déménager pour aller vivre là-bas, expliqua Nicholas. Je serais rejeté par ma famille s'ils l'apprenaient. Ma mère était dans le comité de lutte contre le mariage homosexuel. C'était son idée de mettre des autocollants avec une famille heureuse sur tous les panneaux.

– Donc, vous êtes pratiquement en train de vous étouffer pour des gens qui sont incapables de *vous* aimer ? Quel gâchis.

Scott grogna et croisa les bras.

– Ouais, on a déjà entendu tous ces clichés. Tu sais, c'est vraiment facile pour des stars et des politiciens de dire que les choses s'améliorent, mais c'est plus dur dans la vraie vie, où des gens se font tuer chaque jour.

Je n'avais aucun droit ni aucune raison de dire ce qui suivit, ce qui explique peut-être en partie pourquoi je me suis senti si inspiré en le disant :

– Scott, tu racontes vraiment n'importe quoi. Personne ne dit que ce sera facile. C'est peut-être même la chose la plus difficile que vous aurez jamais à faire, et certains doivent attendre et préparer les choses beaucoup plus longtemps que d'autres. Mais si votre vie est foutue en l'air parce que vous vivez dans un endroit qui ne vous accepte pas comme vous êtes, et si vous *n'essayez* pas au moins de déménager pour un endroit qui vous accepterait, alors vous ne pouvez vous en prendre qu'à vous-mêmes.

Ils gardèrent le silence. J'adore avoir cet effet sur les gens. Je ne voulais pas avoir l'air de faire la morale, mais si vous venez dans *ma* salle de cours, vous entendrez ce que j'ai à dire.

– Je ne sais peut-être pas de quoi je parle, dis-je un peu agacé, mais nous appartenons tous à une minorité qui attend que la majorité n'ait plus la tête dans le cul.

J'ai regardé l'heure. Il était presque 18 heures. Je n'ai pas vu le temps passer cet après-midi. Quand je travaille sur le magazine, le continuum de l'espace-temps disparaît, je vous jure.

– Bon, j'aimerais prêcher de ma chaire toute la nuit, mais j'ai une grand-mère sénile que j'aimerais voir avant la fin de l'heure des visites. Profitez de vos punchitrouilles.

C'est là que j'ai plus ou moins jeté dehors les héros masqués. C'est la première fois que je fais ça à quelqu'un en salle de journalisme. Ils me faisaient me sentir coupable, triste et agacé en même temps, et je n'aime pas quand les gens me font ressentir des choses qui ne me plaisent pas.

Toutes les infirmières dans la maison de retraite de grand-mère étaient déguisées pour Halloween, ce qui n'aidait pas à la réconforter.

– Qui êtes-vous ? demanda grand-mère à mon arrivée.

– Ton petit-fils, dis-je en me demandant si elle allait me jeter encore une fois.

– Pourquoi tous ces gens sont déguisés de façon si ridicule ?

– C'est Halloween, grand-mère.

– Ah… Je n'ai jamais vraiment aimé Halloween. Je n'aime pas quand les gens se cachent derrière des masques.

– Ne m'en parle pas.

Et voilà, le lycée résumé en une seule phrase.

1er novembre

Je me suis pratiquement jeté sur maman aujourd'hui, quand elle est arrivée avec le courrier. Je sais que je suis hyperparano, mais si par hasard j'ai déjà été pris, je ne veux pas rater cette lettre.

Heureusement, je sais que je ne l'ai pas loupée, parce que maman tient beaucoup à aller chercher le courrier ces derniers temps. Elle doit voir à quel point je suis impatient. D'habitude, elle attend que la boîte soit tellement pleine que le facteur ne peut rien y ajouter et qu'il sonne à notre porte. Peut-être qu'elle est en train de changer ?

J'ai fouillé dans le courrier comme si un joyau de la Couronne était caché sous les enveloppes. Il n'y avait que des factures et des pubs tapageuses pour des voyages organisés. Je crois vraiment que je n'ai pas encore été pris, ce qui me rend malade rien que d'y penser.

Chaque jour qui passe où je ne reçois pas de lettre d'acceptation signifie que le magazine compte d'autant plus. Ce magazine littéraire doit être la deuxième meilleure invention après le correcteur orthographique, ou je suis foutu.

Il prend forme, heureusement. Emilio (ou Henry, je ne sais plus) a glissé sa proposition sous la porte de la salle de journalisme aujourd'hui pendant les cours. Je n'ai aucune idée de ce que ça veut dire. J'aurais préféré qu'il l'ait copié et collé sur un document Word plutôt que d'imprimer la page d'un traducteur en ligne.

Enfin… dans le besoin, on fait avec ce qu'on a. Au moins ça ajoutera un peu d'exotisme au magazine (un exotisme totalement bidon, mais au moins il y aura quelque chose).

Je pensais que Claire serait la dernière à me proposer quelque chose. Je me disais qu'elle surveillerait pour voir qui allait me remettre des textes avant de le faire elle-même. Sans surprise, ma prédiction était bonne.

Mlle Tartuffe est apparue en classe de journalisme vers quatre heures et quart aujourd'hui.

– Salut, dis-je.

– Voici mon texte pour ton magazine.

– Super ! C'est sur la contraception ?

C'est vrai, c'était facile comme plaisanterie, mais je ne pouvais pas m'en empêcher. J'ai dû viser juste, car Claire a failli me faire une crise.

– Tu sais quoi ? commença-t-elle. Ça doit être sympa de faire des plans pour voguer dans le monde, mais certains d'entre nous n'ont pas cette capacité. Certains d'entre nous sont coincés ici et doivent faire de leur mieux avec ça. Alors, excuse-moi si j'essaie de m'éclater un peu pendant ma dernière année au lycée. C'est peut-être ma dernière occasion de le faire.

C'était franc et efficace. Je voyais bien qu'elle avait déjà eu l'occasion de pratiquer cette excuse, mais je ne pense pas que c'était fait pour moi. Je crois que c'est ce qu'elle se disait à elle-même.

Elle tenta de quitter la salle aussitôt, et j'aurais dû la laisser partir, mais j'ai été tellement sur les nerfs dernièrement que j'imagine que tout était bon pour trouver un sujet de dispute.

– Et pourquoi t'en sens-tu incapable ? lui demandai-je avant qu'elle n'ait eu le temps de passer la porte. Pourquoi serais-tu coincée ici ?

Elle se retourna, mais elle ne savait pas quoi répondre.

J'ai horreur de me rappeler le passé, surtout ces souvenirs dont j'ai un peu honte, mais j'ai repensé à quelque chose qui était important pour Claire, comme si ce souvenir était resté dans ma poche arrière.

– Souviens-toi en CE1, la classe de Mme McCoy : on a fait un tour de table pour dire ce qu'on voulait être quand on serait grand. J'ai dit que je voulais gagner le prix Nobel de la paix, et toi tu as dit que tu voulais être…

– … ballerine, termina Claire.

J'étais étonné qu'elle s'en souvienne.

– Qu'est-ce qui t'en a empêchée ?

Claire réfléchit un moment.

– Tout le monde s'est moqué de moi.

– Pas moi.

Je me souviens d'avoir eu envie de rire, mais je m'étais retenu. J'imagine que même à cette époque j'avais pensé que se moquer du rêve de quelqu'un était une des choses les plus cruelles qu'on puisse jamais lui faire.

Claire observa un nouveau moment de silence. Je voyais bien qu'elle repensait à ce que j'avais dit, et que ça ne lui plaisait pas. Claire n'a qu'une peur : que quelqu'un comme moi comprenne ce qu'elle a dans la tête.

– En quelle classe est-ce qu'on cesse de croire en nous-mêmes ? poursuivis-je. En quelle classe est-ce qu'on cesse de croire, tout simplement ? Enfin, il y a quand même bien quelqu'un qui va le gagner, ce prix Nobel de la paix, non ? Et quelqu'un doit devenir ballerine. Alors, pourquoi pas nous ?

Elle quitta la salle, furieuse. Cette fois, je n'ai pas tenté de l'arrêter.

Je ne dois pas être le seul à comprendre ça… me suis-je dit avec lassitude.

Les jeunes et les rêves sont comme des bébés tortues sur une plage. Leurs œufs éclosent et elles doivent se précipiter vers l'eau avant de se faire bouffer par les oiseaux. Nous avons tous les yeux rivés sur l'eau, mais il n'y a que quelques bienheureux qui y arrivent sans dommages. La vie a ses façons de fondre sur nous et de nous piquer les forces et les espoirs qui nous motivent.

Je suis si content que ma petite tortue ait réussi à éviter les oiseaux !

Savez-vous comment on sait qu'on perd les pédales à cause de l'épuisement ? Quand on parle métaphoriquement de soi-même comme d'un bébé tortue ! J'ai vraiment besoin de vacances, après tout ça !

Une fois que j'aurai tapé la proposition de Claire sur mon ordinateur, le magazine littéraire sera officiellement terminé, et je serai le fier créateur de ce qui doit être la Huitième Merveille du monde !

Ces deux dernières semaines auront été quelque chose... Si j'avais su que j'allais être immergé à ce point dans les problèmes des autres quand j'ai commencé ce projet, j'aurais pu être plus réticent. Sérieux, quand suis-je devenu le psy de tous ces gens ? Je fais *chanter* cette bande de salauds, je ne suis pas là pour les élever !

Ils peuvent tous se la mettre au plus profond, en ce qui me concerne... En même temps, c'est là que le bât blesse : est-ce que je commence à en avoir quelque chose à foutre ? Est-ce que je vois maintenant ces gros cons comme des êtres humains, et pas comme des mollusques méchants qui nous pompent l'existence ? Est-ce que faire chanter les gens fait de moi quelqu'un de plus équilibré ?

Mon Dieu, j'espère que non !

2 novembre

Malerie et moi étions dans la salle de journalisme aujourd'hui après les cours (je jure qu'il ne me manque plus qu'un oreiller et une couverture pour en faire mon lieu de résidence officiel). On faisait le tri dans la pile de « ses » écrits pour voir ce qui pourrait être mis dans le magazine. J'essaie encore de l'aider avec toute cette histoire de « satire ».

Mon portable a sonné, ce qui est bizarre parce que c'est seulement la deuxième fois depuis que je l'ai. (D'habitude, c'est juste maman qui me demande si je peux lui rapporter de l'ibuprofène et un paquet de réglisse après ma visite chez grand-mère.)

– Moi, j'éteins mon téléphone quand je suis au lycée, comme ça je ne l'entends pas sonner, commenta Malerie.

Ce qui était encore plus surprenant, c'était le nom affiché sur l'écran. C'était franchement la dernière personne au monde que j'aurais imaginée m'appeler.

– C'est qui ? demanda Malerie.

– Mon père.

J'étais si abasourdi que j'en ai presque oublié comment répondre au téléphone.

– Allô ? dis-je avec hésitation.

– Salut, Carson. Je ne voulais pas t'appeler après l'école, je suis sûr que tu es occupé avec tes devoirs…

C'était bizarre d'entendre sa voix. C'était comme si un membre décédé de la famille communiquait avec moi depuis l'autre monde.

– Enfin, bref, poursuivit-il sans reprendre son souffle, j'ai une super nouvelle pour toi. Je me marie ! Elle s'appelle April et on attend un enfant ! Tu vas avoir un petit frère !

J'ai failli chier dans mon froc.

– Tu te fous de moi ?

C'est tout ce que j'ai réussi à dire.

– Oui, merci, on est très heureux, continua papa. Alors du coup, elle voudrait te rencontrer. Est-ce que tu peux venir dîner bientôt ? Par exemple ce soir à 8 heures ?

Je ne suis pas le seul à penser que c'est une situation totalement absurde, hein ?

– Il faut que j'y réfléchisse, dis-je.

J'avais la tête qui tournait si vite que je ne sais même pas si je me souvenais de mon propre nom.

– Oui, ça me ferait vraiment plaisir. À bientôt j'espère !

– D'accord.

Je raccrochai.

– Que s'est-il passé ? demanda Malerie.

Je n'étais pas sûr moi-même, alors je n'ai pu que répéter les éléments saillants de ce que mon cerveau était encore en train de digérer.

– Apparemment, mon père va se marier.

– Félicitations ! dit Malerie en levant la main pour faire « tope là ! ».

Je n'ai pas réagi.

– Ouais, peut-être. Il veut que je dîne avec sa fiancée ce soir, je veux dire avec *la future maman.*

– Tu vas y aller ?

Je ne savais pas. Je ne m'étais même pas demandé si j'allais assister à cet… événement.

– Pas sûr. Les choses sont compliquées entre mon père et moi, parce que nous ne partageons absolument rien. Est-ce que ce que je dis a un sens ?

– Carrément. Les choses sont compliquées aussi entre mon père et moi. Lui et moi n'avons pas vraiment de relation, parce qu'il ne sait pas que j'existe.

– Ah. Désolé de l'apprendre.

Elle m'a carrément battu à plate couture dans le genre pères paumés. Maintenant, j'ai vraiment l'impression que je dois y aller. En même temps, j'imagine que ça ne se passera pas si mal. Ça serait bien d'avoir un repas qui n'ait pas été préparé au micro-ondes pour une fois, en espérant que ce soit la femme qui fasse à manger.

C'est pour ça que papa est venu faire signer les papiers du divorce à maman. Quelle saloperie de couleuvre ! Et je n'ai même pas encore pensé à maman. Comment vais-je lui annoncer la nouvelle ?

2 novembre, suite

Il est presque minuit, et je suis rentré d'un des dîners les plus gênants de l'histoire de l'humanité. C'est moi qui vous le dis : la Cène n'était rien en comparaison.

Ça a commencé avec moi. J'ai répété pendant une heure devant le miroir de la salle de bains ce que j'allais dire à maman. La meilleure façon que j'ai trouvée de lui annoncer la nouvelle, c'était de commencer ainsi : « Maman, tu te souviens de cet épisode de télé-réalité que tu as enregistré ? » Du coup, j'ai pensé que la meilleure chose à faire était encore de sortir de la maison en douce.

J'ai traversé la salle à manger le plus rapidement et silencieusement possible. Évidemment, le seul jour où elle devait être éveillée à 19 h 30, c'était aujourd'hui. Pour ne rien arranger, elle était en train de regarder un de ces films sur une femme qui subit des violences conjugales. Du coup, je savais qu'elle ne serait pas dans un bon état d'esprit pour écouter la suite.

– Où vas-tu ? demanda-t-elle du fond du canapé.

– Je…

Il me fallut un temps juste pour dire ça.

– Je vais dîner avec papa.

Entendre ça nous a surpris tous les deux.

– Pourquoi ?

– Euh…

C'était ce que j'avais voulu éviter.

– Apparemment, il va se marier.

Il fallut quelques instants pour que maman comprenne.

– Ah, vraiment ? Je ne savais pas. Tant mieux pour lui.

Elle se tourna immédiatement vers le poste de télé, mais je savais qu'elle ne le regardait pas. Ses yeux s'emplirent de larmes tandis qu'elle essayait de réprimer ce qui montait en elle.

J'avais moi-même l'impression que mon cœur était tombé par terre quand je lui avais annoncé la nouvelle. J'avais peine à imaginer ce qu'elle devait ressentir, elle. Maman et moi avons eu nos différends, mais aucun enfant ne devrait jamais voir ses parents dans cet état.

– Il veut que je rencontre sa fiancée, alors j'y vais.

– Amuse-toi bien. Rentre à une heure raisonnable… et tous ces conseils de bon parent à la con.

– D'accord. Au revoir, maman. Je t'aime !

Je ne voulais pas la laisser, mais j'étais presque heureux de ne pas rester là toute la soirée. Je n'avais pas envie de voir comment ma mère allait réagir. Je savais que ça n'allait pas être beau.

Je suis monté dans la voiture, j'ai procédé aux manips nécessaires pour la faire démarrer et suis parti, haïssant la soirée avant même qu'elle n'eût commencé.

Papa m'a envoyé un texto avec l'adresse d'April, à laquelle ils avaient apparemment vécu ces sept derniers mois. Une belle façon de communiquer, papa.

Sa maison était dans un coin vraiment sympa de la ville. Elle était peinte en jaune avec une bande blanche et il y avait une palissade tout autour du jardin de devant. Il y avait même un paillasson de bienvenue. Ça m'a totalement déstabilisé. Je ne savais pas du tout à quoi m'attendre.

Je ne sais toujours pas pourquoi cette femme a pu vouloir emménager à Clover. Papa a dû la convaincre que la banlieue était un bon endroit pour élever un enfant. Est-ce que toutes les femmes ont un gène qui fait qu'elles souhaitent toutes secrètement être une June Cleaver[1] ? Manifestement, April le possédait.

J'ai appuyé sur une sonnette en forme de petit chaton. C'était mignon, mais bizarre. Du coup, la maison ressemblait au genre d'endroit où on mange des cookies fraîchement sortis du four, ou encore où l'on se fait assassiner. Vous voyez ce que je veux dire ?

– J'y vais, j'y vais !

C'était la voix de mon père. Il ouvrit la porte.

– Bonjour Carson, entre.

Ça m'a fait bizarre de voir mon père après tout ce temps. Ses cheveux était beaucoup plus gris qu'avant et nous avions la même taille. Nous nous serrâmes la main maladroitement, chacun ayant peur de prendre la main de l'autre.

– Ça me fait plaisir de te voir, fiston, merci d'être venu, dit-il.

---

1. Du nom de l'héroïne du programme de télévision *Leave It to Beaver*, situé dans les années 1950 et qui raconte les aventures d'une famille typique des banlieues résidentielles américaines *(N.d.T.)*.

Il me fit entrer dans la cuisine. Tout ici était si propre et bien rangé qu'on aurait cru que la maison de maman était un épisode de *Hoarders*.

– Et je te présente April, ajouta papa.

Il faisait référence à la femme qui était dans la cuisine. Il me fallut un moment pour m'en remettre. Je n'en croyais pas mes yeux. Elle était superbe, avec des cheveux roux éclatants et un beau teint. Ses yeux étaient grands et brillants, mais de façon agréable, pas comme chez les gens camés.

– Bonjour Carson, dit-elle. C'est un plaisir de te rencontrer.

– Moi aussi, dis-je en lui serrant la main. Vous n'êtes pas une marque déposée de la Compagnie Walt Disney ?

– Hein ?

– Il plaisante. Il aime le sarcasme, expliqua papa.

– Ah, j'ai compris, dit-elle. C'est très gentil, merci !

Elle posa sa main sur son ventre de grossesse et à partir de ce moment-là j'ai eu du mal à ne pas le fixer pendant toute la soirée. C'était trop bizarre de penser qu'il y avait un bébé qui grandissait là-dedans, avec qui je partageais mon ADN.

– Passons à table, voulez-vous ? dit papa.

Le dîner fut plutôt tranquille, avec quelques échanges polis mais brefs. Je ne pouvais pas m'arrêter de manger, la nourriture était extra. Je m'attendais tout le temps qu'April commence à parler toute seule ou à voir un animal imaginaire tourner autour de la table ou un truc de dingue. Il fallait bien qu'il y ait quelque chose qui ne tourne pas rond chez elle. Autrement, pourquoi était-elle la fiancée de papa ?

– Ton père m'a dit que tu es plutôt apprécié à l'école, s'enquit April.

J'ai pouffé.

– Non, je suis doué, mais pas très bien vu.

– Il fait partie du club de journalisme, expliqua papa.

– Non, je suis le président de l'atelier d'écriture, le rédacteur en chef du journal de l'école, et je viens de lancer un magazine littéraire, précisai-je.

– Eh bien, chapeau ! dit April sincèrement.

Je n'aimais pas la facilité avec laquelle on aimait cette femme.

– Tu dois avoir de bonnes notes, ajouta-t-elle.

– Il s'en sort, dit papa.

– J'ai une moyenne de 19,5 sur 20, dis-je, agacé à présent.

Il ne me connaissait pas suffisamment pour connaître ma moyenne.

– Je pourrais avoir 20, mais j'ai tendance à reprendre les profs en cours, alors…

– Et tu pratiques un sport ? demanda April.

Je n'ai même pas eu envie de gerber sur elle quand elle m'a posé la question, c'est dire à quel point elle était sympa.

Papa commença à rigoler.

– Dieu sait que j'ai fait ce que j'ai pu. On allait toujours au parc et on jouait un peu au ballon, mais ça ne l'a jamais intéressé.

– Qu'est-ce qu'on faisait ? demandai-je la bouche pleine.

– J'ai vite compris que je n'allais pas avoir le champion de foot que j'espérais, expliquait papa. Il shootait comme une fille.

C'est alors que j'ai compris. Papa faisait semblant d'être quelqu'un d'autre que ce connard égoïste qu'il avait été pendant toute ma vie. April adorait peut-être entendre toutes ces conneries, mais moi j'en avais assez.

– Papa, on n'a jamais fait ça.

– Bien sûr que si, mais tu ne t'en souviens pas, répliqua-t-il aussi sec.

– Non, je me serais souvenu d'un truc comme ça.

– Il exagère, dit papa en regardant April dans les yeux comme si je n'étais même plus dans la pièce. Il a beaucoup d'imagination. Je crois que c'est pour ça que c'est un si bon écrivain.

– Papa, tu fais semblant d'être qui, là ? dis-je en haussant la voix. Ça fait combien d'années que tu nous as laissés, et je t'ai vu peut-être *deux* fois depuis ?

– Carson, tu es jeune, je crois que tu ne comprends pas.

– Tu as raison ! Je ne comprends pas comment tu as pu abandonner ton ancienne famille et comment tu peux faire semblant que tout va bien devant la nouvelle !

April baissa les yeux.

– Ta mère est instable, dit papa.

– Ouais, je sais. Et tu m'as laissé avec elle. Quel genre de père fait ça à son fils ?

– Carson, combien de fois faut-il te demander pardon ?

Le plus drôle, c'est qu'il ne me l'avait jamais demandé. J'ai dû hériter ça de lui.

– Merci pour ce dîner, April. C'était très bon, dis-je en me levant de table. Mais je dois y aller maintenant.

Je suis passé devant mon père, incapable de le regarder dans les yeux, et suis sorti de la maison. Tout d'un coup, j'ai compris ce que ce dîner signifiait. C'était une façon pour mon père de justifier quelque chose auprès d'April. Il avait essayé de m'utiliser et ça n'avait pas marché.

Les adultes peuvent être vraiment pires que les ados parfois.

J'étais tellement furieux que j'ai eu l'impression d'arriver chez moi en quelques secondes. Je suis rentré dans la maison avec précaution, ne sachant pas dans quel état j'allais trouver maman. Elle était K-O sur le canapé. Des mouchoirs écrasés jonchaient le sol. Manifestement, elle s'était endormie en pleurant. Et en agrippant une photo encadrée de papa, elle et moi, prise il y a des années.

J'ai éteint la télé et étendu une couverture sur ma mère. C'est fou combien de vies une seule personne peut foutre en l'air.

J'espère juste que maman va s'en sortir quand je ne serai plus là. On ne peut pas tout régler par téléphone.

3 novembre

Eh bien voilà : le *Magazine littéraire de Clover High* est officiellement terminé ! Je dois avouer qu'il est vraiment pas mal du tout. Ça mérite une fête, mais à dire vrai, je n'en aurai pas envie avant d'avoir reçu une lettre d'acceptation avec mon nom dessus.

Les copies qui vont être vendues à l'école vont aller à la reprographie dès lundi matin, mais j'ai imprimé un exemplaire à la maison et je l'ai mis dans une chemise très chic que j'ai envoyée cet après-midi au bureau des inscriptions de Northwestern avec une nouvelle candidature. Par miracle, mon dossier a plein de temps pour arriver jusqu'à l'université, ce qui fait que je suis très impressionné par moi-même. Si tout va bien, le sentiment sera partagé.

C'est comme si j'avais mis tous mes espoirs et mes rêves dans une enveloppe et que je l'avais envoyée à un inconnu. J'ai fait un autre tirage pour le mettre dans ce journal, pour que je me souvienne toujours du 3 novembre 2012, le jour où j'ai accompli l'impossible ! Cela dit, je crois que demain je vais me reposer. Même Dieu s'est reposé le Septième Jour.

LE MAGAZINE LITTÉRAIRE 2012
DE CLOVER HIGH

SOUS LA DIRECTION DE CARSON PHILLIPS

SOMMAIRE*

Tribunes

Nouvelles

Essais

Poésie

Satire

Commentaire de société

Autres

* D'autres textes à lire sur la nouvelle page Facebook du *Magazine littéraire de Clover High*.

Le génocide des balayeurs

PAR CARSON PHILLIPS

19 septembre 2012

LYCÉE CLOVER HIGH, CLOVER, CALIFORNIE

À cause des dernières coupes budgétaires effectuées par l'État en début d'année, le lycée de Clover a dû licencier deux balayeurs et obliger un troisième à prendre sa retraite anticipée avant le début de l'année scolaire. Interrogé sur ces désolants licenciements, le proviseur, M. Gifford, a affirmé : « Nous étions peinés de dire adieu à des membres du personnel, mais nous n'avions malheureusement pas le choix. Les électeurs ont mis ce plouc dans le bureau du gouverneur, pas moi. »

Cependant, une enquête a révélé qu'il existait des alternatives en matière de choix budgétaires. D'après un joueur de foot qui préfère rester anonyme : « Nous sommes super contents de jouer au foot cette année avec du matériel et des uniformes tout neufs ! » Le nouveau matériel a été offert par le lycée. « Nous sommes invaincus et je suis heureux que les autres équipes contre lesquelles nous allons jouer cette année le comprennent rien qu'en voyant nos tenues bling-bling ! » a-t-il ajouté.

D'après une récente recherche sur Google, le coût moyen d'un uniforme de foot au lycée oscille entre 100 et 500 dollars, en fonction de la taille du joueur. Dans la mesure où l'équipe de Clover High a une quarantaine de joueurs, le lycée aurait dépensé entre 4 000 et 20 000 dollars, somme qui aurait été amplement suffisante pour permettre d'employer trois pères de famille pendant encore quelques mois.

Il y a une différence de taille entre « ne pas avoir le choix » et « faire un mauvais choix ».

Pour plus d'informations sur cette affaire, visitez la page Facebook du *Clover High Chronicle*, ou écrivez au journaliste : carsonphillips@thecloverhighchronicle.com

Un scandale sexuel dans une ville de province

PAR CARSON PHILLIPS

26 septembre 2012

LYCÉE CLOVER HIGH, CLOVER, CALIFORNIE

Jeudi dernier après-midi, M. Armbrooster, un enseignant de biologie expérimenté, a quitté l'enceinte du lycée escorté par des agents de sécurité.

Il avait été renvoyé pour, je cite, « des cours d'éducation sexuelle avec des objets inappropriés », mais les détails précis de ces prétendues leçons n'ont pas été révélés.

Interrogée sur cette affaire, une élève de seconde a affirmé : « M. Armbrooster était un mec plutôt cool. On s'en fiche s'il a utilisé un petit bonhomme de pain d'épice et de la pâte à modeler pour faire un cours sur le système reproductif féminin ! Il faut quand même bien avouer que le petit bonhomme de pain d'épice ressemble à la trompe de Fallope. »

Un camarade de classe a renchéri : « On n'est pas idiots. On sait que l'utérus n'est pas fait en pâte à modeler. Il faut être débile pour croire ça. Tout ce que je sais, c'est que j'ai eu B+ à cet examen. Merci, Monsieur A ! »

En réalité, cette opinion est partagée par tous ses élèves. Lorsque l'on compare les résultats aux examens de la classe de M. Armbrooster avec ceux des autres classes de biologie à Clover High, on remarque une différence majeure. La moyenne des élèves est supérieure de 20 % lorsqu'ils sont exposés au petit bonhomme de pain d'épice et à la pâte à modeler.

« Monsieur A se fait virer parce qu'il utilise des accessoires en cours, mais monsieur *** couche avec toutes ses élèves et obtient un poste de titulaire ? C'est n'importe quoi ! » affirme une conseillère d'orientation pleine d'entrain qui souhaite demeurer anonyme.

C'est n'importe quoi, c'est injuste et ça n'a pas de sens. On peut se demander quels jouets de maternelle M. Armbrooster utiliserait pour nous expliquer la situation.

Pour plus d'informations sur cette affaire, visitez la page Facebook du *Clover High Chronicle*, ou écrivez au journaliste : carsonphillips@thecloverhighchronicle.com

La princesse surmenée

PAR REMY BAKER

Il était une fois une petite princesse qui avait de nombreuses responsabilités. Ses parents, le roi et la reine, lui mettaient beaucoup la pression car ils peinaient à gérer le royaume. Bien qu'elle fût très belle et intelligente et fît tout parfaitement, ses parents estimaient qu'elle pouvait toujours faire mieux.

Chaque jour la petite princesse apportait à ses parents des preuves de tout ce qu'elle avait accompli ce jour-là, et chaque jour ils trouvaient un moyen de lui faire comprendre que cela ne suffisait pas.

– Regarde, maman, regarde, papa, j'ai eu un A en éducation paysanne ! s'exclamait la petite princesse.

– Tu vaux mieux que ça, répondait le roi en examinant le rapport.

– Nous aurions préféré que tu obtiennes un A+, renchérissait la reine.

La petite princesse s'enfuit du château et se réfugia dans la forêt, pleurant sous un petit arbre. Elle pensait qu'elle ne serait jamais suffisamment bonne. L'arbre prit vie comme par magie.

– Pourquoi pleures-tu, petite princesse ? lui demanda-t-il.

– Parce que je ne serai jamais assez forte pour mes parents, répondit la petite princesse. Je fais de mon mieux, mais ils ne sont jamais satisfaits.

L'arbre magique offrit un livre magique à la petite princesse, avec des photos de ses amis et de tout ce qu'elle avait réussi à accomplir.

– Tiens. Chaque fois que tu seras triste, je veux que tu ouvres ce livre et que tu te souviennes de toutes les bonnes choses dans ta vie, expliqua l'arbre.

La petite princesse parcourut le livre et aussitôt se sentit mieux. Elle sécha ses larmes et retourna à son château. Dès lors, dès que ses parents la dépréciaient, elle consultait le livre et se souvenait de toutes les choses qui prouvaient qu'elle était vraiment forte.

Elle garda l'ouvrage jusqu'à la fin de sa vie, y compris pendant son règne, et elle le partagea avec tous les princes et les princesses que devinrent ensuite ses fils et ses petits-enfants.

Les créatures de l'ombre

PAR VICKI JORDAN

C'était un monde de vampires et de démons, où l'innocence était aussi rare que les êtres vivants. C'était un monde obscur, où la lumière avait été interdite et où la nuit avait tout avalé.

Une guerre épique avait été menée, et les créatures de l'ombre avaient finalement vaincu les défenseurs de la lumière. Enfin, pour la première fois dans leur existence, les peuples de l'ombre pouvaient sortir et marcher librement entre eux dans les rayons du soleil déclinant qui, autrefois, avait servi à les faire fuir.

Une petite fille, enfant de lumière, avait survécu à la bataille. Elle sortit des décombres provoqués par la destruction. Elle regarda avec consternation le monde changé autour d'elle, et confronta un vampire à qui elle exprima son refus d'accepter une telle évolution.

– Pourquoi avez-vous transformé mon monde en un monde de nuit, et décidé que l'erreur était une nouvelle forme de vérité ? Comment avez-vous pu faire disparaître toute la lumière, et avec elle tous ceux que j'aimais ? Pourquoi l'obscurité est-elle le nouveau soleil, et pourquoi avez-vous gagné tout ce qui a été perdu ?

Le vampire la contempla avec un malin plaisir, d'un air amusé.

– Parce que, petite fille, c'est ici le vrai monde que tu vois, où aucune lumière ne peut magnifier une fausse identité. Nous n'avons pas détruit le monde juste pour faire peur. Nous avons simplement découvert ce qui existait déjà. Ce qui est ressorti, c'est toute l'obscurité qui était auparavant cachée à l'intérieur, et tu découvriras bientôt les ténèbres qui sont en toi, quand mes crocs t'auront percé la peau.

Nous sommes nos plus grandes peurs...

Au sommet de la pyramide

PAR CLAIRE MATHEWS

Chaque vendredi soir, à la mi-temps, mon équipe de pom-pom girls réussit une des acrobaties les plus dangereuses dans le monde des pom-pom girls. On appelle ça le *Majoregeddon*.

Trois pyramides se forment en ligne. Une fille au centre en haut est propulsée dans les airs et fait un flip arrière pendant que deux filles en haut des deux autres pyramides font un flip en dessous d'elle, échangeant leur place avant que la fille du centre ne retombe.

Même si c'est sans conteste l'acrobatie qui enchante le plus les foules, c'est aussi la plus dangereuse. J'adore être une pom-pom girl, mais quand on est au sommet de la pyramide, cela signifie qu'on est celle qui se fait le plus de mal quand elle tombe. Comme je suis la plus petite de l'équipe, je suis aussi la fille de la pyramide centrale qui risque sa vie pratiquement chaque semaine pour le plaisir des autres.

Cela me fait réfléchir : est-ce que ce serait aussi divertissant si la foule savait que tout allait bien se passer ? Ou est-ce qu'ils attendent tous secrètement que quelqu'un se blesse ?

Des gens sont sans cesse hissés sur un piédestal dans notre société, parfois pour de mauvaises raisons, mais souvent parce qu'ils font ou savent faire quelque chose que personne d'autre n'arrive à faire. Mais pouvons-nous donner du crédit à des gens, juste pour les voir tomber ? Parfois je me dis que la pire chose que l'on puisse faire à quelqu'un, c'est de l'idolâtrer, ou d'en faire un être surhumain. Vous ne lui donnez ainsi que les moyens de vous décevoir.

Quand on me lance en l'air tous les vendredis soir, pendant un quart de seconde je me sens la personne la plus seule au monde. Je me dis : *Ouah, ici personne ne peut m'attraper.* Et quand l'impulsion s'émousse et que la gravité me tire vers le bas, je suis si heureuse d'être de nouveau sur terre. J'espère seulement que l'impulsion ne me précipitera jamais plus bas.

La couleur verte

PAR JUSTIN WALKER

J'aime la couleur verte. Quand je regarde la couleur verte, je pense aux arbres et à l'herbe. Quand je pense aux arbres et à l'herbe, je pense au foot. Quand je pense au foot, je suis heureux.

Je sais que je ne suis pas une flèche de la matière grise. Les gens me disent tout le temps que je suis stupide, idiot, un homme de Neandertal (alors que je ne suis pas néerlandais). Mais si l'intérêt de vivre, c'est de trouver ce qui te rend heureux, alors je sais faire. Il me suffit de regarder la couleur verte. Alors, qui c'est qui est idiot, maintenant ?

J'aime aussi la couleur bleue. Quand je pense au bleu, je pense à la mer. Quand je pense à la mer, je pense aux Bikinis. Quand je pense aux Bikinis, je pense à des tas de trucs qui me rendent heureux et qui ne sont pas verts ! En tout cas, j'espère pas. Si c'est le cas, tu devrais voir un médecin plutôt que de m'inviter de nouveau dans la maison de tes parents au bord de la mer. Douche-toi plus souvent. Tu ne sais pas quelle bestiole fourmille sur toi.

Le fronton

PAR SCOTT THOMAS

J'ai toujours su que mon destin était d'être célèbre. L'image de mon nom illuminé sur le fronton du théâtre municipal de Clover n'est pas juste une vision, c'est une prémonition.

Et si vous êtes en train de penser : *Mais Scott, tu n'as pas l'étoffe d'un premier rôle, tu ne seras jamais la star de quoi que ce soit*, eh bien j'ai quatre mots pour vous, mais comme je me suis promis de ne pas jurer dans cet essai, j'ai trois autres mots pour vous : *Vous avez tort !*

Il n'y a pas qu'un emporte-pièce en forme d'étoile, les amis. Il y en a de toutes les sortes et de toutes couleurs. Il faut juste trouver votre propre chemin pour y parvenir.

Un jour, je vais être le producteur, écrivain, réalisateur et premier rôle de mon one-man-show. La première aura lieu au théâtre municipal de Clover, mais les critiques seront si enthousiastes que le spectacle partira en tournée. On ira dans toutes les grandes villes (sauf Chicago, parce que je ne peux pas prendre de risque avec le vent) et le nombre de mes fans augmentera considérablement.

Je vendrai au plus offrant les droits d'adaptation ciné, je passerai peut-être chez Oprah pour dire comment mon rêve a commencé, et après une longue et délicieuse carrière, je prendrai ma retraite et pondrai une autobiographie ou deux, qui feront ensuite l'objet d'énormes comédies musicales à Broadway.

L'ambition ne pousse pas sur les arbres, copine. Tu dois faire POU-sser les feuilles TOI-même, ouais !

Chaque jour, à votre réveil, adoptez l'attitude Scott Thomas devant la vie. Imaginez votre propre fronton avec votre nom, illuminé tellement violemment que vous pourriez devenir aveugle en le regardant trop longtemps. Imaginez ce fronton qui vous suit partout où vous allez, claironnant au monde entier que *vous êtes là* !

Scott Thomas en cours de géométrie ! Scott Thomas dans les vestiaires ! Scott Thomas dans sa voiture ! Scott Thomas dans sa baignoire ! Vivez votre vie comme le faisaient tous les grands, avec votre nom juste au-dessus du titre, comme prévu dans le contrat. Ne soyez jamais le deuxième rôle dans votre propre vie !

Amour irrésistible

PAR NICHOLAS FORBES

Les oiseaux dans le vent
S'amusent à tournoyer.
Aucune somme d'argent
M'empêchera de t'aimer.

Ils peuvent toujours essayer,
S'affairer et tout tenter,
Je ne me laisserai pas faire
Sans leur en coller une paire.

Certains disent que c'est mal,
Certains disent que c'est péché,
Certains disent que c'est faux
Et tout simplement affreux.

Je n'en sais trop rien,
Et sans être sexiste,
Moi je ne crois pas
Qu'un amour mauvais existe.

Mon petit ami très spécial

PAR JOHN HARDY

Tu me salues dès le matin,
Désireux de jouer,
Puis tu traînes avec moi
Le reste de la journée.

Les mêmes choses nous stimulent,
C'est bien vrai, ma foi,
Nous passons notre temps ensemble,
J'aimerais en avoir deux comme toi.

Tu as toujours été mon pote
Jusqu'au bout,
Merci d'avoir toujours été génial,
Mon petit ami très spécial.

Appelez-moi Isabella

PAR MALERIE BAGGS

Il y a quelques années de cela - combien, peu importe -, comme je n'avais plus d'argent sur mon compte Angry Birds et aucun écran total pour aller à la plage, l'idée me vint de naviguer un peu et de me la jouer *gangsta* à l'école.

C'est ma façon de faire peur aux secondes et de réguler la circulation au lycée. Quand je m'impatiente ; quand mon âme est comme un mois de septembre humide et froid ; quand je me surprends à regarder les morts et à suivre chaque parade funèbre qui passe devant moi ; et surtout quand je perds une partie de Trivial Pursuit, qu'il faut que le proviseur, M. Gifford, m'empêche de me jeter délibérément dans les couloirs pour baisser les frocs des élèves - c'est alors qu'il me semble qu'il est temps de monter dans le bus sans plus attendre.

C'est le prix pour être une *gangsta*. Tout comme le petit chaton se jette dans sa litière dans un geste ample et philosophe, je monte discrètement dans le bus. Mais il n'y a là rien de surprenant. Si seulement ils le savaient, presque tous les médecins attitrés, aujourd'hui ou demain, prendraient aussi le bus et partageraient mes sentiments vis-à-vis du système de transports.

Et puis je dois attraper une énorme baleine.

Ce que c'est que d'être Mme Bieber

PAR HANNAH MORGAN

J'étais là, devant la maison de Justin Bieber à Calabasas, un samedi après-midi ensoleillé. J'y étais avec les vingt ou quarante filles habituelles qui attendent devant chez lui chaque week-end dans l'espoir de l'apercevoir ou d'avoir un concert privé gratuit.

C'était génial : on jacassait sur Selena Gomez (qui sera toujours pour moi « l'autre femme »), on diffusait à plein tube ses chansons avec un iHome portable, et on prédisait ses futures nominations aux Grammy pour son dernier album, la routine, quoi.

Mais l'atmosphère s'est tendue quand l'infâme Renée Foster vint en personne !

– Il me semble que vous êtes à ma place, *mademoiselle Morgan*, me dit-elle.

Bien sûr, c'était totalement faux, tout le monde sait que la zone entre les barreaux vingt-huit et trente et un du côté est de la maison est mon secteur.

– Oh non, *mademoiselle Foster*, répondis-je. Tu as perdu ta place quand tu as abandonné JB pour cet immigré de Louis Tomlinson de No Direction.

– Tu oses insulter One Direction devant moi, là ?

- *Ooooh !* firent toutes les autres filles.

Renée allait en prendre pour son grade. Personne n'abandonne mon Justin.

- T'as quand même pas insulté One Direction devant moi ? hurla Renée. Je peux être fan de qui je veux et d'autant de gens que je veux !

Elle m'a dit ça comme ça.

- Non, pas devant cette grille ! dis-je en secouant vivement la tête.

Elle m'a tellement énervée que j'ai failli enlever mes boucles d'oreilles « Forever » faites maison pour lui flanquer une raclée.

- Hé ! Vous êtes devant une propriété privée ici, pas à Disneyland ! fit un gardien depuis la maison.

Nous nous sommes réfugiées dans nos voitures avant qu'ils n'appellent la police à nouveau. Heureusement, d'ailleurs, parce que je n'aimerais pas que Justin me trouve en train de me battre avec Renée.

Quelques-unes des filles sont montées dans ma 407 et nous sommes parties.

- Allons attendre devant la maison de quelqu'un de *Glee* maintenant, proposa l'une d'entre elles.

Bien sûr, je peux comprendre que certains trouvent ça bizarre que j'aille en voiture jusqu'à la maison de Justin Bieber chaque week-end pour me poster devant la grille, juste pour l'apercevoir, mais vous vous rendez compte de la belle histoire d'amour que ce sera un jour ?

10 raisons pour lesquelles Emilio est génial

PAR EMILIO LÓPEZ

1. Emilio tiene el pelo magnífico como un gallo.
2. Emilio huele como un perrito.
3. Emilio es el frijol en tu pupusa.
4. Emilio es tan suave como un conejo.
5. Emilio es lo picante en tu desayuno.
6. Emilio es un gran aventurero como una ardilla.
7. Emilio tiene la fuerza de un toro.
8. Emilio puede saltar alto como una rana sin miedo.
9. Emilio es el tocino en tu ensalada.
10. Emilio es el mejor amante que jamás hayas conocido.

Vies en 3D

PAR DWAYNE MICHAELS

Ce truc de la 3D est partout dans le monde maintenant, et j'adore trop. Je suis allé au ciné l'été dernier voir *The Avengers*. J'avais oublié de mettre mes lunettes jusque vers les trois quarts du film, et alors j'ai crié : « Eh oh ! Robert Downey Jr., qu'est-ce que tu fais sur mes genoux, mec ? » C'était l'hallu !

C'était un super moment pour mettre les lunettes. Sérieux, tu mets les lunettes et tout d'un coup, c'est genre : « Eh, le mec dans le film me balance des trucs dans la tronche, c'est trop cool », parce que tu sais quoi, y a qu'à *enlever les lunettes* et ils arrêtent de nous balancer des trucs dans la gueule, tu vois ?

Mais après t'es dans la vraie vie, si tu veux, et les gens commencent à te balancer des trucs dans la gueule, et tu leur dis : « Qu'est-ce que tu fous, mec, t'es trop nul ! Ça se fait plus de balancer des trucs dans la tronche, quoi ! »

Je sais, c'est peut-être trop profond ce que je dis, mais... et si on portait ces lunettes partout ? C'est vrai, on pourrait avoir mal à la tête, mais quand tu veux pas qu'on te balance un truc dans la gueule, t'as qu'à enlever tes lunettes !

Pourquoi est-ce que les gens vivent en 3D, alors qu'ils pourraient vivre en 4D tout le temps ? Attendez l'arrivée de la 5D, les mecs, ça sera trop tripant ! Je pourrai dire : « Hé, Robert Downey Jr., tu veux une bière ? », et lui me répondra : « Ouais mec, j'en veux bien une. » Et on se la prendra, quoi. Ouais. Trop bien.

5 novembre

Vous vous souvenez de cette réunion que nous devions avoir avec le proviseur et les administrateurs de l'école ? C'était aujourd'hui. Vous vous souvenez que j'avais promis d'être sage et de me contenter de rester assis et de sourire ? Eh bien, j'ai menti.

On attendait au milieu de l'auditorium depuis presque une demi-heure, assis à une table, quand le proviseur et deux administrateurs du district unifié de Clover se sont enfin pointés. Je n'étais pas de très bonne humeur, je dois l'avouer, surtout après le dîner avec papa, le week-end avec maman et le bouclage du magazine littéraire.

– Bien, commençons, dit M. Gifford, installé en tête de table.

Les administrateurs s'assirent de chaque côté de lui.

– Je vous ai demandé de venir à cette réunion car nous avons établi un nouveau règlement qui nous tient à cœur, à moi et aux autres proviseurs du district.

Tout le monde écarquillait les yeux et hochait la tête en signe de respect. Comme j'étais contrarié, j'ai voûté davantage le dos.

– À partir de l'été prochain, toutes les couvertures de livre, les sacs à dos et les vêtements qui porteront une inscription quelconque seront interdits, expliqua M. Gifford. En tant que membres du conseil étudiant, il est important que vous suiviez ce nouveau règlement et que vous fassiez preuve de leadership en le respectant.

Les autres étudiants du conseil firent un effort plutôt convaincant pour dissimuler leur énervement après l'annonce, mais je pouvais voir que même eux étaient agacés. Même Remy secouait la tête en silence.

J'ai attendu un moment, pour m'assurer que personne ne voulait s'exprimer, puis je me suis permis de péter les plombs.

– D'accord, dis-je.

Les administrateurs étaient surpris que je ne me donne pas la peine de lever la main avant de prendre la parole.

– Je hais certaines des choses infectes et dégradantes que je lis chaque jour. Et si je vois encore une seule personne qui porte un de ces tee-shirts qui dit JE TIRE MES PROPRES COUPS, je vais me dévisser la tête et la leur balancer sur la figure. Mais comment sommes-nous censés apprendre et mûrir, si des gens comme vous s'évertuent à réprimer les droits les plus élémentaires à l'expression de soi ?

Tout le monde tourna la tête vers moi, l'air absolument horrifié, dans le style de *L'Exorciste*.

– Écoute, mon petit, commença M. Gifford (sans doute en train de compter jusqu'à dix dans sa tête), pourquoi ne pas *nous* laisser le soin de nous préoccuper de la répression des élèves ?

Claire hocha la tête si vivement que sa tête faillit tomber.

Peut-être qu'elle pouvait vivre en étant une lèche-cul, mais je n'allais pas rester les bras croisés pendant qu'on me supprimait mes droits.

– Ouais, vous autres devez savoir ce que vous faites, vu qu'il n'y a jamais eu autant d'élèves stressés, déprimés et abandonnant leurs études qu'aujourd'hui. Vous faites un beau boulot avec vos décisions.

– Ces propos sont inadmissibles ! menaça M. Gifford en haussant la voix.

Je pouvais voir la dame qui l'aidait à compter dans sa tête commencer à perdre pied.

– Et les vôtres sont ceux d'un dictateur ! dis-je en haussant le ton également. À quoi ça sert d'interdire les logos, si ce n'est pour défendre votre programme conservateur ?

– Carson, tais-toi, s'il te plaît, murmura Claire.

J'ai cru qu'elle allait péter un câble.

Le visage du proviseur prit une nuance de rouge dont j'ignorais l'existence chez l'homme. Il savait que j'avais raison (tous le savaient) et il était sacrément embarrassé.

– Cette discussion est terminée. Vous obéirez au nouveau règlement ! aboya le proviseur.

Il se tourna vers les administrateurs et ajouta :

– Par ailleurs, en réponse à votre attitude insolente, je révoque tous les droits des élèves à poursuivre toute activité en dehors des locaux du lycée. Vos camarades peuvent vous dire merci, *mon petit.*

C'était le deuxième adulte à m'instrumentaliser pour faire son crâneur cette semaine.

– On y va, les gars, dit Gifford aux administrateurs.

Ils se levèrent et quittèrent l'auditorium.

Je n'ai jamais vu le conseil étudiant me fixer avec autant de haine qu'aujourd'hui. La colère suintait pratiquement de leurs visages. Certains n'arrivaient même pas à me regarder dans les yeux. Remy était au bord des larmes.

– Ils ne peuvent pas punir toute une école parce qu'un seul élève a une grande gueule ! s'indigna Justin en se levant et en renversant une chaise d'un coup de pied.

– Je n'arrive pas à croire que vous soyez restés assis sans rien dire, répliquai-je.

– Tu oses nous renvoyer la faute ? reprit Scott consterné.

– Grâce à toi, le bal de promo se déroulera dans la cafèt', ajouta Remy, le visage blême en s'entendant dire ça.

– On va y passer beaucoup de temps, puisqu'on ne peut plus quitter le lycée pour déjeuner, renchérit Nicholas.

– Si tu écris une lettre d'excuse, ils changeront peut-être d'avis ? proposa Claire, tout ébranlée.

Elle cherchait à limiter les dégâts par tous les moyens.

– Il devrait s'excuser auprès du lycée tout entier, précisa Scott.

– Tu as raison ! s'écria Remy.

– Ouaip, dit Nicholas. Il pourrait le faire la semaine prochaine pendant la réunion du lycée.

– Oh, Carson, dit Claire en secouant la tête, tu as toujours cru que tu valais mieux que nous parce qu'on ne pouvait pas te supporter, mais prépare-toi à être la cible d'une *haine à l'état pur*. Dès que le reste de l'école va l'apprendre et le raconter à ses parents, toute la ville va te *détester* !

Je n'en revenais pas d'entendre ça. J'étais le seul à essayer de défendre le lycée, et ils m'en voulaient ? Ils allaient tous me détester ?

– C'est bon, ça suffit ! criai-je. Je n'étais pas en train de *me* défendre tout à l'heure, j'étais en train de vous défendre *tous* ! Dès votre premier pas dans ce lycée, vous avez été traités comme des rois, et vous préférez le rester plutôt que de vous risquer – Dieu vous en préserve ! – à essayer de vous défendre ? Le lycée prendra fin, vous savez ? Et dans votre intérêt, j'espère que vous n'êtes pas les clichés vivants que tout le monde croit que vous êtes, parce que la vie va vous marcher dessus et vous chier sur la tête !

J'ai pris mes affaires et je suis parti, furieux, au pas de course. J'en étais malade. J'en avais assez d'eux, de mes parents, de toute cette ville. J'en avais assez du monde entier.

Je suis allé directement chez grand-mère et j'ai pratiquement fait une dépression nerveuse.

– Je ne comprends pas, expliquai-je en me retenant de pleurer, pourquoi certains doivent se battre si dur pour obtenir les choses qu'ils veulent et d'autres non. Pourquoi certaines personnes sont égoïstes par nature, et d'autres seulement pour survivre ?

Elle était occupée à tricoter et ne semblait pas s'intéresser beaucoup à ce que je disais. Mais ça ne me dérangeait pas. J'avais juste besoin de m'exprimer, d'expliquer ça à un autre être humain, même si c'était comme parler dans le vent.

– Tu sais, grand-mère, je me suis dit il y a longtemps que je n'avais besoin de personne, dis-je, incapable de retenir mes larmes à présent, mais depuis un certain temps je ne me demande vraiment plus si j'ai eu tort. J'ai toujours été cent pour cent indépendant, et c'est si dur parfois…

– Vous disiez ?

– Non, rien, fis-je en essuyant mes larmes.

– Je suis en train de tricoter ça pour mon petit-fils, expliqua grand-mère.

– C'est quoi ?

Elle leva les bras pour me montrer son œuvre. C'était tout de travers et fait avec des pelotes de couleur et de sortes variées. Manifestement, grand-mère avait une idée différente de ce que c'était chaque fois qu'elle se mettait à l'ouvrage.

– C'est une *écharpe couverture*, répondit-elle.

Je n'ai pas pu m'empêcher de rire. Effectivement, c'était ça. Même avec Alzheimer, elle arrivait toujours à me faire me sentir mieux.

12 décembre

Le magazine est paru il y a un mois, et je n'ai vendu qu'un exemplaire. Et le gars l'a déchiré en mille morceaux devant moi. J'imagine que Claire avait raison quand elle a dit que toute la ville allait me détester. Ces derniers temps, les gens me regardent vraiment d'un sale œil, encore pire qu'avant. Des regards de *haine*, devrais-je dire.

Oui, ces dernières semaines ont été un peu rudes. Je ne sais pas pourquoi ça me déprime tellement. J'ai toujours pensé que tout le monde me détestait.

Toujours aucune nouvelle de Northwestern. C'est un énorme point d'interrogation au-dessus de ma tête, et ça me reste en travers de la gorge. J'ai vraiment besoin de me tirer de cette ville au plus vite.

Le 15 décembre est dans trois jours. Donc, dans moins de quarante-deux heures, je saurai si j'ai été pris de façon anticipée. Je croise les doigts ! Au moins j'ai encore cet espoir qui me fait vivre.

Je n'ai pas fait beaucoup d'efforts avec le *Chronicle*. Je me contente de reproduire d'anciens numéros de septembre. Je n'ai pas eu envie d'écrire ces derniers temps. D'où plus d'un mois entre les deux dernières entrées dans ce journal.

Je n'aurais jamais cru que je n'aurais rien à dire… faut croire que la vie réserve plein de surprises.

12 mars

Ça fait trois mois et je n'ai rien de bon à raconter, je le crains. Cela va sans dire, je n'ai jamais reçu de lettre d'acceptation anticipée. Mais je n'ai jamais reçu de lettre de refus non plus, alors j'ai attendu dans un état d'hébétude ces dernières semaines, espérant que mon magazine littéraire avait fait l'affaire. Je pense que je me souviendrai d'aujourd'hui, le 12 mars 2013, comme du pire jour de toute ma vie.

J'étais en cours d'anglais, en train de réviser mon examen sur *Hamlet*, quand Mme Sharpton m'a convoqué dans son bureau pour me dire que ma vie allait se transformer elle aussi en tragédie.

– Bonjour mon chou, assieds-toi.

J'ai vite compris que ce qu'elle avait à me dire n'était pas une bonne nouvelle.

– Oh non, dis-je encore debout. Ne me dites pas que… S'il vous plaît, ne me dites pas que…

– Assieds-toi donc.

Je n'avais pas envie de m'asseoir. Je pensais que m'asseoir n'allait que rendre la nouvelle plus réelle. Si je ne m'asseyais pas, alors, quelle qu'elle fût (même si je savais de quoi il s'agissait), l'information n'existerait pas. Au bout d'un moment, je me suis assis. J'avais le cœur qui palpitait et les mains qui tremblaient.

– J'ai eu des nouvelles de Northwestern aujourd'hui. Elles ne sont pas bonnes, je le crains. Ils ne te permettent pas d'envoyer une autre candidature avec ton magazine littéraire. Apparemment, tu as raté la date limite pour confirmer, alors ils ont rejeté ton acceptation.

– Pardon, vous pouvez répéter ?

– Ils ne vont pas te laisser postuler à nouveau. Tu as été pris, mais tu n'as jamais répondu pour confirmer, alors ils t'ont finalement rejeté.

J'étais sûr que mon cœur allait s'arrêter de battre après avoir entendu ça. C'était un coup si énorme, une erreur si grave. Des erreurs comme celle-là ne pouvaient pas exister dans la vraie vie.

– Non, ça a dû se perdre, j'ai vérifié le courrier tous les jours. S'il vous plaît, vous devez le leur expliquer !

– Je suis désolée, je ne peux rien faire de plus pour toi, reprit Mme Sharpton. Mais tu peux toujours aller à l'université que tu as choisie en seconde position.

– Je n'ai pas choisi de deuxième université.

Je ne m'étais jamais préparé à échouer, alors j'ai échoué à me préparer.

Je voulais simplement que le monde se rembobine. Je voulais retourner à avant qu'elle ne me convoque dans son bureau, quand j'étais malheureux pour des motifs sans intérêt. À présent, j'avais l'impression que quelqu'un de ma famille venait de mourir et avait emporté une part de moi avec lui. Je faisais le deuil de mon avenir.

– Mais tu peux postuler à nouveau après avoir complété tes crédits de propédeutique, dit-elle en essayant de me remonter le moral. Et puis Clover College accepte encore les candidatures. Tu veux remplir un formulaire ?

Elle avait remué le couteau dans la plaie. Non seulement je me sentais écrasé, mais maintenant mon âme allait devoir souffrir une ou peut-être plusieurs années encore en restant à Clover. Je ne pouvais pas imaginer un scénario aussi décevant.

– Carson, veux-tu remplir un formulaire de candidature ? répéta Mme Sharpton.

Ses mots s'estompaient. J'étais captivé par une carte postale de la mer sur son bureau. Ça avait l'air tellement paisible et serein !

– Carson ?

– Vous savez que je n'ai jamais vu la mer ?

– Hein ? Quel rapport ?

Je me suis levé, je suis sorti de son bureau et j'ai marché un peu. J'ai dû tourner pendant des heures pour réfléchir. Northwestern avait toujours fait partie de mes projets. Ça avait toujours été la prochaine étape. Même si j'étais inquiet de ne pas être pris, je n'avais jamais prévu d'aller ailleurs l'année suivante.

Et de m'entendre dire que *j'avais été pris* puis rejeté à cause de quelque chose qui ne dépendait aucunement de moi, une erreur dans le système, un coup du sort… C'était ça le pire. *J'y étais arrivé.* J'avais traversé la ligne d'arrivée juste pour me voir retirer mon trophée.

Qu'allais-je faire à présent ? Serais-je assez fort pour m'en tirer ? Allais-je vraiment aller à Clover College l'an prochain et me battre encore pour les mêmes choses ? Ou allais-je tout laisser tomber, arrêter et rejoindre maman sur le canapé ?

J'ai entendu mon portable sonner dans ma poche. J'avais un message de ma mère. Plusieurs, en fait. Je n'avais pas dû remarquer qu'elle avait essayé de m'appeler. « Carson, grand-mère est tombée. Essaie de venir le plus vite possible », disait son message. Manifestement, elle ne savait pas comment gérer la situation elle-même.

Peut-être était-ce pour ça que toute cette histoire était en train de m'arriver ? Peut-être qu'il ne fallait pas que je quitte Clover. Le but de mon existence était de prendre soin de maman et de grand-mère.

J'ai foncé à la maison de retraite. Grand-mère dormait à mon arrivée. Son avant-bras était couvert de bleus, mais sinon, ça allait.

– Où étais-tu ? demanda maman dès qu'elle m'aperçut.

Je n'ai pas répondu. Où croyait-elle que j'étais allé ?

– C'est bon, ne me dis rien, mais si tu étais chez ton père, ça ne me dérange pas.

– Comment va-t-elle ?

– Ça va. À part son bras, elle s'est blessée à la hanche, mais il n'y a rien de cassé. Je vais chercher un café. Tu veux quelque chose ?

– Non.

Maman quitta la chambre.

Grand-mère se réveilla lentement quelques minutes plus tard. Elle me regarda, et pendant un quart de seconde, je vous jure qu'elle m'a reconnu. Son attention a été vite détournée par ses blessures et cette connexion s'est perdue.

– Que m'est-il arrivé ? dit-elle en découvrant les bleus sur son bras.

– Tu es tombée et tu t'es blessée.

Elle leva la tête pour me regarder. Cette fois, je suis certain qu'elle savait qui j'étais.

– Vous ressemblez à mon petit-fils.

Cela faisait des années qu'elle n'avait pas été si lucide.

– C'est vrai ? dis-je gaiement. Pourquoi ?

– Vous avez l'air triste. Mon petit-fils était un enfant si gai autrefois. Il avait l'habitude de m'écrire des histoires. Je me souviens de la première histoire qu'il m'ait jamais écrite. « Il était une fois un garçon. » Puis : « Il était une fois un garçon qui voulait voler dans les airs. » Et les histoires allaient en s'améliorant avec le temps. Je n'ai jamais su si le garçon avait réussi à voler.

Je fis un petit sourire. Si seulement elle savait que le garçon avait eu les ailes coupées.

Plus tard, les infirmières vinrent laver grand-mère avec une éponge. Je suis sorti et j'ai retrouvé maman, assise sur un banc. Elle semblait un peu dépassée par les événements, mais je ne savais pas ce qui la stressait le plus : le fait que sa mère se soit blessée, ou qu'elle ait dû s'habiller et sortir de la maison.

– Que se passe-t-il ? demanda-t-elle.

– Ils lui font sa toilette, dis-je en m'asseyant à son côté.

Elle sentait bien que quelque chose ne tournait pas rond avec moi ; il faut dire que je ne faisais pas d'efforts pour sourire.

– C'est quoi, ton problème ? insista-t-elle.

J'hésitais à le lui dire. J'espérais encore secrètement que toute cette journée n'avait été qu'un mauvais rêve.

– J'ai été pris à Northwestern, mais je n'ai jamais reçu la lettre, alors maintenant je vais devoir attendre pour postuler à nouveau, expliquai-je le cœur gros.

Il y eut un silence. J'imaginais qu'elle était aussi déçue que moi d'entendre cette mauvaise nouvelle et qu'elle ne savait pas comment exprimer à quel point elle était désolée. Je me fourrais le doigt dans l'œil jusqu'au coude.

– J'ai jeté ta lettre, dit maman tout bas.

Mon cœur a cessé de battre pendant un moment. Je vous jure. Je ne savais pas où j'étais. Je ne savais pas qu'on était dehors. J'ai oublié que grand-mère s'était blessée. Je ne pensais qu'à une chose : à ce que ma propre mère venait de m'avouer.

– QUOI ?

– Je suis désolée.

– Comment as-tu… Comment as-tu pu jeter ma lettre ?

– Je voulais te protéger.

– Me *protéger* ?

– Je ne voulais pas qu'on te fasse du mal comme à moi. Tout ton discours sur le fait de grandir et de devenir un écrivain, toutes ces rêveries que tu fais ne vont pas se réaliser. Les rêves ne se réalisent pas, Carson, fais-moi confiance. J'en suis la preuve. Le monde est un endroit cruel. Tu serais parti et tu te serais fait bouffer tout cru, et tu serais revenu totalement détruit. Je voulais quelque chose de mieux pour toi.

Je n'en revenais pas. Ma propre mère, ma propre chair, m'avait fait ce coup, et maintenant elle essayait de se justifier !

– J'y crois pas ! C'est si injuste ! m'écriai-je, aveuglé par la colère.

– La vie n'est pas juste, répondit maman. C'est vrai. Et plus tôt tu t'en rendras compte, plus vite tu grandiras et verras le monde comme il est vraiment.

Je me suis levé et me suis éloigné. Elle était devenue la personne la plus pitoyable dans le monde à mes yeux, et je ne supportais pas de rester à son côté une seconde de plus.

– Merci, lui dis-je. Merci d'être l'exemple parfait de ce que je refuse de devenir.

Je suis monté dans ma voiture et je suis parti. J'ai roulé et roulé et roulé. Je ne savais pas où j'allais et je m'en foutais. Je ne prévoyais même pas de revenir, à vrai dire.

J'ai dépassé le panneau indiquant les limites de la ville de Clover. Quelque chose en moi s'est enflammé. J'ai agrippé mon parapluie sur le siège arrière, je suis sorti de la voiture en laissant le moteur allumé, et j'ai commencé à taper sur le panneau comme si c'était un punching-ball.

J'ai tabassé le panneau jusqu'à en avoir les ongles en sang et à réduire le parapluie en bouillie. J'ai laissé une bosse pour chaque connard qui m'avait traité comme de la merde, pour chaque fois qu'on avait profité de moi, pour chaque fois que j'avais été la victime d'une injustice. Mais tout ce tabassage ne m'a pas fait gagner de trophée. Il ne restait plus que des fragments de mon rêve intérieur.

J'ai balancé mon parapluie en miettes sur le bas-côté et je suis remonté dans ma voiture. Cette fois, j'ai roulé pendant des heures. J'ai continué jusqu'au bout de la route.

J'étais arrivé à la mer. Je me suis assis sur le capot de ma voiture et j'ai admiré le paysage. L'océan était magnifique. Il semblait si grand et éternel. Comme l'impression habituelle que j'avais eue pour moi-même.

Le soleil se coucha lentement et la nuit tomba. Je me suis presque senti trahi, sachant que le soleil allait se lever à nouveau le lendemain. Comment la vie pouvait-elle continuer après une journée pareille ?

15 mars

Ces trois derniers jours ont été vraiment pénibles, et les plus pénibles de mon existence. Chaque matin en me réveillant, je me suis senti un peu surpris. J'espérais à moitié que mon cœur allait cesser de battre pendant mon sommeil. Est-il possible de mourir à mon âge parce qu'on a le cœur brisé ?

Je n'ai pas pu adresser la parole à ma mère, ni même la regarder. Vous le pourriez, vous ? Elle essaie tout le temps de s'excuser et de dire combien elle est désolée, mais je ne supporte plus de l'entendre.

Je suis allé au bureau de Mme Sharpton et j'ai rempli un formulaire pour postuler à Clover College. Après ça, elle m'a serré dans ses bras de façon très maladroite. On sait qu'on a une vie de merde quand une femme trois fois divorcée et qui n'a pas su faire carrière à l'école d'esthétique vous témoigne de la pitié.

Comble d'ironie, la météo est vraiment pourrie en ce moment. Le temps est couvert depuis une semaine, et même le ciel me rappelle mon état d'esprit.

J'ai toutes les raisons de me sentir déprimé et pitoyable, et j'ai beaucoup réfléchi cet après-midi. Ce qui fait que j'ai élaboré une espèce de nouvelle perspective sur la vie. Tout a commencé quand Malerie m'a retrouvé ici, en salle de journalisme, il y a quelques heures.

Nous avons rangé dans des cartons tous les exemplaires invendus du magazine littéraire (c'est-à-dire tous les exemplaires).

– Qu'est-ce que tu vas faire de tout ça ? demanda Malerie.

– Je vais les offrir à la maison de retraite de ma grand-mère. Quelqu'un va venir les chercher plus tard. Comme ça, ils seront lus… ou mâchouillés.

– Je suis désolée que les choses ne se soient pas passées comme tu le voulais, dit Malerie gentiment.

– Moi aussi. Mais il semble qu'on se retrouvera à Clover College l'an prochain. Peut-être qu'on aura le goût de l'aventure et qu'on lancera un magazine littéraire là-bas ?

Malerie sourit à cette idée, mais d'y penser n'a fait que m'attrister gravement. Était-ce vraiment la seule chose que je pouvais imaginer pour l'avenir ?

Il se faisait tard et Malerie rangea ses affaires, y compris son Caméscope. Elle l'avait posé sur la table et nous avait filmés tout l'après-midi en train de ranger.

– Malerie, pourquoi est-ce que tu filmes tout ?

J'avais envie de lui poser cette question depuis longtemps.

– Je veux dire, est-ce que tu veux vraiment *tout* te rappeler ? ajoutai-je.

Malerie regarda le plafond, comme toujours quand quelqu'un lui pose une question du genre : « Pourquoi tu fais ça ? »

– De quoi vaut-il mieux ne pas se souvenir ? demanda Malerie. Les bons souvenirs s'accompagnent de mauvais souvenirs. Au moins comme ça, je peux faire « avance rapide » sur tous les trucs mauvais.

J'ai hoché la tête. Elle n'avait pas tort.

– Un conseiller m'a dit un jour que ça ne fait rien si tu es coincé dans le passé ou si tu essaies d'oublier le passé. Ce qui compte, c'est ce que tu fais avec le présent. C'est pour ça que j'essaie d'en tirer le maximum.

– Malerie, je crois que tu as trouvé un sujet sur lequel tu peux écrire.

Ses yeux s'illuminèrent d'enthousiasme et à l'idée d'écrire sa première histoire originale, elle me fit le plus grand sourire que j'aie jamais vu chez elle.

– Je dois y aller, dit-elle. Le chauffeur du bus m'a dit que si j'étais en retard, il me ferait monter dans le coffre, et c'est vraiment pas drôle.

Juste avant d'arriver à la porte, elle se retourna et demanda :

– Carson ?

Elle avait peine à continuer.

– On est amis ?

J'étais quelque peu amusé et attristé à la fois par cette question. Fallait-il vraiment qu'elle me la pose ?

– Je crois qu'on est les meilleurs amis au monde, Malerie.

Elle me fit un geste de gangster et quitta la salle.

J'ai ri pour la première fois depuis des jours.

J'ai toujours su que Malerie avait eu une vie difficile, mais je ne lui ai jamais posé la question. Peut-être que quelque chose de positif sortira de mon séjour prolongé à Clover. Peut-être que je peux être un aussi bon ami pour Malerie qu'elle l'a été pour moi. Je crois que j'étais tellement occupé à essayer de me faire entendre que je n'ai jamais cherché à l'écouter.

J'avais encore un carton de magazines à finir pour la maison de retraite de grand-mère. Avant de le refermer avec du Scotch, j'ai pris un exemplaire et parcouru les pages. Pour la première fois depuis que je l'avais terminé, j'ai ressenti de la fierté en voyant le travail de mes camarades entre mes mains, sachant que je les avais motivés à faire ça – illégalement, bien sûr, mais j'y avais contribué quand même.

J'ai souri et secoué la tête. J'ai peut-être été tellement obnubilé par ma propre peine que j'ai oublié ce que j'ai accompli ? J'ai réussi à publier un magazine littéraire plein des pensées, des inquiétudes, des espoirs et des rêves de mes camarades blasés du lycée. Si je peux faire ça, je peux sans doute réussir à tout faire, pas vrai ? L'avenir est aussi infini que le ciel…

– Le ciel… dis-je à voix haute.

Je me suis précipité sur mon ordinateur et j'ai commencé à écrire. J'avais encore une histoire à ajouter au magazine.

J'ai imprimé des copies de l'histoire une fois que je l'avais terminée. J'ai ouvert tous les cartons et j'ai ajouté la page au début de chaque copie du magazine littéraire. Elle ferait office de dédicace, en quelque sorte :

À grand-mère :
Il était une fois
un garçon qui volait.

Je n'imaginais pas un meilleur début pour le magazine. Cela me donna un sentiment tout à fait nouveau. Je crois que ça m'a rendu *heureux*.

Oui, hélas, nous vivons dans un monde où les personnes belles, populaires et fortunées l'emportent parfois sur les autres. Oui, les gens et les circonstances parfois s'interposent entre vous et vos rêves, et il est souvent difficile d'aller jusqu'au bout de ses idées. Il est vrai aussi que si vous avez un avantage quelconque par rapport aux autres (intelligence, imagination ou ambition), certains tenteront toujours de vous empêcher de progresser, avec la même énergie.

Mais si je laisse ces gens-là me déprimer, ces gens trop bornés pour encourager les choses positives que je tâche de faire dans le monde, alors je ne suis pas aussi intelligent que je ne le crois.

Dorénavant, je refuse que quiconque me mette dans une position où je ne peux pas transformer une situation atroce en quelque chose de profitable. Je ne laisserai personne susciter chez moi des impressions que je ne veux plus jamais ressentir, ou me déposséder des passions qui font de moi ce que je suis.

Est-ce que c'est l'angoisse de devoir passer encore deux ans dans une ville pleine de gens qui me détestent ? Évidemment. Est-ce que je vais détester chaque seconde ? Probablement. Mais je vais aussi arriver sur un campus tout neuf, sans rien à perdre, et nul besoin de me faire des amis.

Rien n'est plus dangereux qu'un journaliste qui n'a rien à perdre. Vous imaginez les tribunes que je vais soumettre à Northwestern la prochaine fois que je postulerai ?

Même si je ne quittais jamais Clover, même si je n'étais jamais pris à Northwestern ou n'écrivais jamais pour le *New Yorker*, même si ce ne sont là que des illusions pour meubler le temps, heureusement qu'elles existent ; parce qu'une vie qui n'a aucun sens, sans ambition ni projet, sans rêves ni objectifs, n'est pas une vie qui mérite d'être vécue.

Apprendre ça a peut-être été la plus grande découverte de ma vie de jeune adulte, et ça me rappelle cette conversation que j'ai eue avec Malerie il y a plusieurs mois.

Comme une bonne idée, la vie s'écoule rapidement. Elle vous frappe et essaie de s'échapper, et cherche à s'exprimer d'une façon ou d'une autre. D'une certaine façon, elle ressemble beaucoup à... la foudre.

D'ailleurs, en parlant de ça, j'entends l'orage qui s'approche. Je devrais rentrer avant qu'il ne commence à pleuvoir. Je crois que j'ai perdu mon parapluie.